사자가 푸른 눈을 뜨는 밤

사자가 푸른 눈을 뜨는 밤

조용호 장편소설

민음사

차례

1

    모든 것은 서서히 바스라진다. 한때는 절절하고 애틋했던 기억조차 모두 사라진다. 스러져 가다가, 한 번 사로잡혔던 사람이나 기억은 깊은 망각 속에서도 가끔 유령처럼 솟구쳐 울렁일 때가 있다. 그 사람에 대한 기억이 독자적인 생명체가 되어 저 홀로 희미한 빛줄기 속을 부유한다. 강렬했던 기억이 다 그런 것은 아니지만, 아픈 기억은 세월이 흘러도 쉬이 잊히지 않는다. 세월이 흐를수록 더 선명해지다가 미라로 박제되는 기억도 있다.

    넓은 통유리 너머로 해무가 자욱하다. 여자는 해무를

등지고 앉아 청귤청에 따스한 물을 붓는 중이다. 유리창을 투과해 흘러 들어온 안개 그림자가 등을 어루만진다. 바닷가 언덕 위 카페 출입구에는 아직 영업 개시 전임을 알리는 표지가 걸려 있다. 안개가 감싼 이 공간에는 여자와 나뿐이다. 청귤 향이 퍼진다.

"제가 그렇게 닮았나요?"

두꺼운 안개 저편 공기에 파동이 일었다. 천장에 매달린 전등이 여자의 얼굴을 주홍색 파스텔 톤으로 비춘다. 잠시 시선을 창가 쪽으로 던지던 여자가 김이 오르는 청귤차를 내밀며 다시 말한다.

"닮은 얼굴 하나로…… 너무 흔들리시는 거 아닌가요?"

여자의 말은 틀리지 않았다. 얼굴이 닮은 것만으로 인연의 고리를 찾는 것은 어리석은 일이다. 햄릿 식으로 말하자면 그녀와 꼭 닮은 사람은 거울 속에 있는 단 한 사람뿐일 것이다. 세월을 뛰어넘어 예전 모습 그대로 그녀가 나타났다는 사실에 흥분하긴 했지만, 두 사람의 확연한 나이 차이는 두말할 필요도 없이 여자가 그녀와는 다른 존재라는 사실을 웅변하고 있다. 여자는 그녀를 마지막으로 보았을 때보다는 늙었고, 지금 어딘가에 살아 있을지 모를 그녀보다는 많이 어리다. 그녀보다 늙었고 그녀보다 어린 것이다. 카페에 퍼지는 청귤 향이 갈수록 진하다.

그때 우리는 세상의 외딴 골목으로 도피하는 중이었다. 바깥 세상에 많은 인연들을 두고 왔지만, 우리는 더 이상 도망갈 곳 없는 절벽 앞에 이승의 초라한 텐트를 친 셈이었다. 우리 말고는 아무것도 아니었고 아무도 없었다.

필요한 물건들을 사러 읍내에 나갔다가 그들에게 잡힌 건 바닷가 집에 머문 지 열흘 남짓 지난 뒤였다. 그녀에게 돌아가야 하는데, 그녀에게 알려야 하는데 어떠한 방법도 생각나지 않았다. 그들에게 잡혀가 고문을 당하면서도 그녀의 행선지, 우리가 같이 머물렀던 그곳을 발설하지 않는 것만으로 겨우 그녀에 대한 사랑을 지켜야 했다. 그것만으로도 나는 죽을 만큼 고통스러웠다. 세월이 흘러 세상은 바뀌었지만 그날 이후 그녀의 소식을 들은 적이 없다. 살아 있는지, 죽었는지, 살았다면 어디에 있고, 죽었다면 어디에 그녀의 뼈가 묻혔는지, 뼛가루라도 어디에 뿌렸는지 알고 싶다. 알아야만 한다. 이대로 이승을 떠나면 다른 세상에서 그녀를 만날 수 있을지 기약하기 힘들다. 저세상이 있기나 한 건지, 있다 하더라도 그녀를 다시 만날 수 있을지, 아득하기만 하다.

우리는 남쪽으로 내려가는 심야 완행열차를 타고 무작정 서울을 떠났다. 그녀를 찾아가 방문을 두드렸다. 우리가 약속했던 신호로 문을 두드리자 잠시 침묵이 이어지다가 불이 켜졌고 소용히 방문이 열렸다. 그녀를 그 방에서 데리고 나온 건 10분도 채 걸리지 않았다. 서둘러 필요한 자료와 옷가지만 챙겨 가방에 쏟아 넣은 뒤 자물쇠를 채우고 그길로 역으로 갔다. 심야에 남은 남행 열차는 마지막 하나뿐이었다. 우리는 서둘러 플랫폼을 가로질러 검은 뱀처럼 길게 누워 심호흡을 하고 있는 객차 안으로 스며들었다.

남쪽 들녘의 역에 내렸을 때는 이른 아침이었다. 역 근처 국밥집에 들어가 허기를 때울 때 역전 파출소 불빛이 눈에 들어와 우리는 서둘러 자리를 떴다. 안개 낀 역전통 도로를 우리는 종종걸음으로 벗어났다. 어디로 갈까. 막연히 먼 친척이 운영하고 있는 서해 바닷가 민박집을 머릿속에 그리며 이곳까지 오긴 했지만, 다시 그곳까지 움직일 방법이 막연했다.

역전통을 벗어날 무렵, 작은 트럭에 이삿짐을 싣는 가족을 보았다. 아이를 업은 아낙이 힘들게 살림살이를 짐칸에 서 있는 남편에 올려 주고 있었다. 우리는 누구랄 것도 없이 동시에 다가가 그녀의 짐들을 대신 올려 주었다. 읍내로 이사 와서 막노동을 하던 남편이 허리를 다쳐 하릴없이 다시 서해 바닷가로 돌아가는 길이라고 했다. 우리는 그 이삿짐 트럭 짐칸 낡은 살림 도구들 사이에 웅크리고 앉아 그곳에 갔다.

"벌써 30년 넘게 흘렀는데…… 살아 있다면 어떤 형태로든 연락이 닿지 않았을까요?"

"할 수 있는 모든 노력은 다 한 것 같아요. 가족은 물론 선후배들까지 나섰고 나중에 의문사조사위원회 도움까지 받았지만 허사였습니다."

"이미…… 이 세상 분이 아닐지도 모르겠군요."

"우리도 빈 관에 유품을 넣어 초혼장까지 치렀답니다. 이런 마당에 그 시절 모습을 고스란히 간직한 사람이 눈앞에 나타난다면 흔들리지 않을 수 있을까요? 초연한 그 이야말로 유령이거나 목석일 겁니다."

"그러셨군요……. 대체 제 어디가 그분과 그리 닮았나요?"

여자는 반쯤 등을 보이며 유리잔을 닦다가 몸을 돌려 눈을 맞추고 진지하게 물었다. 무슨 말부터 꺼내야 할까. 늘 웃고 있는 듯한 눈매지만, 때론 이른 아침 풀잎에 내린 서리처럼 서늘하고 단호하던 그 눈빛에 대해 어떻게 말로 설명할 수 있을까. 서글픈 시라도 읊을 때면 깊은 우물에 비친 달그림자처럼 그렁그렁 일렁이던 검은 동자를, 사랑을 말할 때는 물안개 오르는 숲속 호수 같던 그 눈동자를…… 어떻게 말로 할 수 있는가. 청귤차가 식어 간다.

2

여자를 발견했을 때 무중력 공간에 들어선 느낌이었다. 온몸의 근육이 굳어지고 자율신경마저 마비돼 허공에 부유하는 듯했다. 자동차 대신 사람들로 가득 채워진 거리에서 우리는 큰 물결이 되어 광장을 향해 흘러가고 있었다. 그 흐름의 마루에서 여자를 발견했을 때 그녀의 환영이 나타난 줄 알았다. 지난 시절이야말로 거리에 머무는 일은 흔했다. 그때는 지금처럼 평화로운 상황은 아니었다. 날카로운 구호들이 반복됐고 최루 연기 속에서 눈물을 흘리며 뛰어야 했다. 거리라는 공간은 같지만, 그날처럼 밴드의 음악과 가수의 노랫소리가 광장을 쩌렁쩌렁 메우는 축제 같은 집회 현장과는 멀었다.

처음부터 여자가 눈에 띈 건 아니었다. 거대한 인파에 섞여 있는 리트리버가 먼저 눈길을 끌었다. 여자는 남자의 리트리버 안내견과 함께 나란히 걸어가고 있었다. 남자는 개가 사람들 틈에서 방황할 때마다 잠시 걸음을 멈추고 가만히 함성을 들었다. 그때마다 여자도 멈춰 서서 남자의 어깨를 감싸고 웃으며 이야기를 나누었다. 그들은 집회가 마무리될 무렵 근처 빌딩 로비의 커피숍으로 들어갔다. 여자 뒤를 따라 들어가 그들과 대각선 방향 빈자리에 앉았다. 볼수록 여자는 그 시절 그녀를 빼닮은 모습이었다. 둥그런 눈썹과 서늘한 눈매와 작은 입과 도톰한 귓불까지 그대로였다. 여자는 들뜬 목소리로 말하고 자주 웃었다. 여자보다 어려 보이는 남자는 자주 고개를 숙이며 작은 목소리로 대답했다. 남자가 먼저 자리에서 일어나 여자에게 손을 흔들자 여자도 일어나 남자를 깊이 껴안은 뒤 그를 보냈다. 남자가 지팡이를 챙겨 리트리버를 앞세우고 떠나자 여자는 홀로 남아 대형 유리창 너머 사람 물결을 바라보다 이어폰을 꺼내 귀에 꽂고 가방에서 책을 꺼내 읽기 시작했다.

"저, 혹시 하나 물어봐도 될까요?"

여자가 처음에는 음악 때문에 무슨 말인지 잘 못 알아들었는지, 이어폰을 귀에서 빼고 뜨악한 표정을 지었다.

"무슨 일이신지……?"

"제가 오래전 알았던 사람과 너무 닮으셔서……."

여자는 갑자기 자신의 공간에 뛰어든 낯선 남자를 경계하며 머뭇거렸다. 감색 양복 위에 검은 모직 바바리코트를 걸친 남자의 표정이 사뭇 심각해 보였는지 여자는 마지못한 듯 응답했다.

"선생님이 아시는 분 성함은……요?"

"강하원입니다. 강, 하, 원. 지금 살아 있다면 어머니뻘쯤 되겠군요."

오랜만에 그녀의 이름 석 자를 소리 내어 불러 보았다. 머릿속과 가슴에는 늘 보듬고 있던 이름이었지만 입 밖으로 꺼내 본 건 20년도 넘었다. 하원. 살아 있다면, 아니 이 세상 사람이 아니더라도, 그녀는 저 창밖 거리의 큰 물결을 어딘가에서 지켜보고 있을 것이다.

"제 가족과는 성씨도 다르군요. 미안합니다."

여자는 난처한 상황을 피하려는 듯 서둘러 짧게 대답했다.

"미안하다뇨, 저야말로 큰 결례를 범했습니다."

처음 보는 여자에게 대뜸 사적인 질문을 한 것부터 무례하고 파격적인 행동이었지만 그러한 자에게 그나마 응대해 주는 여자의 태도도 이례적인 것이었다. 그날 거리와 광장을 사람 물결로 가득 채운 축제 같은 분위기의 공기가 한몫 거들었을는지 모른다. 거대한 연대의 광장에서는 사적인 영역도 열리는 순간들이 있다. 거대한 악과 맞서고 있을 때 우리라는 공동체 의식이 그런 정서를 만들어 낼 것이다. 그녀와 나도 그랬을까. 완전히 부정할 수는 없지만 그것은 작은 단초에 불과했다. 그녀와 나는 이승에서 만난 특별한 존재들이었다. 이 믿음은 세월이 흘러도, 바닷가 그 집이 무너져 무덤처럼 내려앉아도 변함없다. 여자의 친절에 힘을 얻어 한 걸음 더 내디뎠다.

중년의 경계를 넘어서 노년을 목전에 둔 나이까지 살아오는 동안 처음 보는 여자를 만나 댓바람에 식사를 청한 적은 없었다. 혈기 푸르던 청년기는 물론 한참 세상살이에 익숙해졌다고 자만하던 사오십 대를 건너오면서도 여행지에서조차 해 본 적 없는 낯선 시도였다. 그만큼 절실한 감정이 차올랐을 것이다.

"우연히 뵌 분과 식사까지 하는 건 아닌 것 같네요. 아시는 분을 많이 닮았다니 기분이 묘하긴 한데, 내려오실 일이 있으면 한번 들르시든지요. 그럼 저는 이만 일어나겠습니다."

광장의 고양된 분위기에 잠시 취해 있었다는 듯 여자는 가볍게 일어나 카페 문을 열고 사람 물결 속으로 사라졌다. 여자가 남기고 간 명함에는 남쪽 섬의 주소가 인쇄돼 있었다.

3

과거 수사 결과

이 사건은 현재까지 실종 상태이며, 강하원의 가족들이 청와대

민정수석실에 강하원의 실종과 관련한 민원을 접수하며 서울지방경찰청 형사과 폭력계에서 강하원에 대한 생사 여부 및 소재 확인 수사를 진행하였다. 이 과정에서 민원인인 강하원의 부 강호영에 대한 조사를 하는 한편, 일명 '야학 연합회 사건' 관련자 22명, 강하원을 담당했던 당시 치안본부 대공분실 형사 2명과 면담하였으며, 550여 명의 신원 불상 변사자들의 영상 자료 수사, 보호·수용 시설(458개)에 대한 강하원의 수용 여부 및 강하원에 대한 출입국 여부에 대한 수사 등을 실시하였다. 그러나 강하원의 생사 여부 및 소재를 확인하지 못하고 내사 종결하였다.

4

여자가 스탠드 너머에서 걸어 나와 식어 버린 찻잔에 청귤청을 다시 넣고 뜨거운 물을 부었다. 통유리 너머 해송이 해무 속에서 오래된 둥치를 검은 윤곽으로 드러내고 있다. 여자는 소나무를 등지고 모서리 쪽 의자에 앉아 긴 숨을 내쉰 뒤 낮은 목소리로 말하기 시작했다.

"제 어머니 함자는 송, 연, 희라고 합니다. 송연희. 선생님께서 찾는 그분과는 전혀 다른 이름이지요? 핏덩이나 다름없는, 세상에 나온 지 채 일주일도 지나지 않은 저

16

를 남겨 두고 어머니가 실종된 후 제 부친께서 어머니 이름을 거꾸로 뒤집어 제 이름을 지어 주셨다고 해요. 저를 키워 주신 엄마가 중학생 시절 먼저 돌아가시고, 아버지마저 제가 고등학교 때 돌아가실 무렵에야 처음 들은 사실이죠. 희연. 어머니를 잊지 말라는 의미에서, 아니 그건 잠깐 들이닥쳐 저를 세상에 꺼내 놓고 사라진 그분을 아버지 자신이 잊지 않기 위해 고안한 부적 같은 이름이었는지도 모르죠."

젊은 남녀들이 작은 방 안에 모여 사소한 농담 한마디에도 자지러지게 웃으며 서로 어깨를 치던 모습이 아득하게 떠오른다. 형광등 불빛이 파리한 청춘들의 얼굴에 쏟아지고 있다. 누군가 연희라는 이름을 부르는 소리도 들리는 듯하다. 그 시절 많은 이름들 중 하나가 연희가 아니란 법은 없지 않은가. 그때 우리에겐 이름들이 여럿이었다.

학강(學講: 배우면서 가르친다는 의미로 야학에서 호칭하던 학생의 다른 명칭) 그룹에 따라 우리 강학(講學: 가르치면서 배운다는 의미를 지닌 교사의 다른 호칭)들 이름은 예비된 몇 개의 이름 중 하나를 선택해 바꾸어 사용하곤 했다. 학강들과는 친밀한 관계였으나 우리가 누군지 진짜 이름을 알려 줄 순 없었다. 저들이 덮치면 학강들은 우리 실명에 대해선

몰라야 했다. 학강들이 모르는 건 주민등록표에 표기된 행정적인 이름일 뿐, 우리의 마음과 생각은 누구보다도 긴밀하고 따스하게 소통되어야 했고 우리는 그 상태에 도달하기 위해 가슴을 열고 진력했다. 그 시절 우리는 그것이 최선이라고 믿었다. 송연희도 그때 썼던 이름들 중 하나였을지 모른다. 익숙한 이름 하나가 환청처럼 떠돈다.

어떤 이름이어도 상관없다. 나이에 걸맞지 않게 조숙해 보이는 그녀가 저보다 키가 큰 어린 여자들과 둘러앉아 시종 환한 웃음을 터뜨리고 있다. 한 여자는 손가락에 붕대를 감고 있다. 그녀가 그 여자의 손을 붙들고 눈물을 글썽인다. 드물게 남자들이 낀 저녁도 있다. 보통 여자들이 대부분이었지만 남자들은 저녁마다 들쭉날쭉 드나들었다. 그중에서도 한 남자는 꾸준히 저녁마다 빠지지 않았다. 그 남자가 하원을 바라보는 눈빛이 애틋하다. 그 남자는 하원의 수업 시간에 책은 들여다보지 않고 그녀의 표정과 손짓만 내내 눈길로 좇았다. 그가 하원을 불렀던 이름이 연희였을까. 송,연,희, 선생님.

그 남자도 한동안 나타나지 않은 적이 있다. 오랜만에 나온 남자는 손가락이 아니라 손목까지 붕대를 감싼 채였다. 여자의 붕대는 미싱 바늘에 찔린 상처를 감싸는 것이었지만, 남자의 그것은 잘린 손가락을 봉합한 후 오염을 방지하기 위해 보다 넓게 감싼 붕대였다. 그 남자 이름도 머릿속에 떠돌기는 하는데 명확하진 않다. 그녀가 붕대를 두 손으로 감싸고 기도하는 듯한 표정으로 눈을 올려다보며 간절하고 애달픈 목소리로 무언가 말하자, 고개를 문 쪽으로 돌리고 어깨를 들썩인다. 얼굴은 환한데, 그 이름이, 잘 떠오르지 않는다. 영, 순, 연, 수, 원, 희…… 몇 개 이름 조각들이 두껍고 흐린 유리창 너머에서 웅성거린다.

5

그 방 풍경이 떠오른다. 개천을 끼고 양옆으로 난 도로 한쪽에서 시장통으로 들어가 그곳을 통과한 뒤, 언덕배기 쪽으로 조금 더 올라간 좁은 길가에 그 방이 있었다. 길가에서 문을 옆으로 밀면 간이 부엌으로 사용하는 수도와 하수구가 나타났다. 다시 문을 밀치면 제법 너른 방이 한 칸 나온다. 그 방이 우리들의 교실이자 강학과 학강 들이 떠나고 나면 수호와 내가 기거하는 자취방이었다.

전날 술을 마신 뒤 자다가 심한 갈증 때문에 새벽에 깨어나면 한겨울에는 마실 물이 꽁꽁 얼어 있었다. 하릴없이 수돗가에 나가 물이 담긴 채 얼어붙은 양푼을 툭툭 쳐서 깬 뒤 얼음 한 조각을 입에 가득 물고 우두둑 씹어 먹으며 갈증을 해결했다. 방 안 위쪽에 비키니 옷장이 하나 있었는데, 그 시절 우리는 비닐 재질로 만든 미니 옷장을 그렇게 불렀다. 왜 비키니 옷장이라고 했는지 지금도 모르겠다. 날렵하고 아름답다고 붙인 이름이 아닌 것만은 분명하다. 크기는 작았지만 사각형의 볼품없는, 자취생들의 필수품 중 하나였던 그것을 비키니에 비유했다니 지금도 이해가 가진 않는다.

그 옷장에는 자취생들의 일상복이자 잠옷을 겸했던 추리닝이 두어 벌 걸려 있었고, 간단한 이부자리와 많지 않은 옷가지 몇 벌이 옷걸이에 걸려 있었다. 밤에 학강들이 올 시간이 되면 방바닥에 널려 있던 지저분한 옷가지들을 한꺼번에 쓸어 넣고 지퍼를 올리면 감쪽같이 정리되는 유용한 역할도 담당했다. 언젠가 하원과 단둘이 있다가 수호가 들어오는 인기척이 나서 급하게 하원이 비키니 옷장으로 숨어든 적도 있다. 같이 있는 모습을 들킨다고 크게 문제될 건 없으나 눈치가 빠르기로 소문난 수호가 금방 하원과 우리 사이를 짐작할 것 같아 순간적으로 취한 행동이었다. 그날 하원이 비키니 옷장에 들어가 있는 사이, 수호를 데리고 시장통 포장마차로 나와 쌈짓돈을 털어 병어회 안주에 소주를 사야 했다.

하원과 단둘이 함께 있을 시간은 수업이 끝난 후 학강들이 모두 가고 난 뒤 남은 시간이 유일했다. 그 시간마저 수호가 언제 들어오느냐에 따라 조금 늘어나기도 했고 너무 짧아 아쉬운 경우도 있었다. 그날은 수호가 다른 모임에서 일박 이 일 엠티를 간다는 날이어서, 수업이 끝난 뒤 모처럼 하원과 여유 있게 시간을 누리고 있었다. 수호와 간혹 집에서 밥을 지어 먹을 때 사용하는 작은 소반을 펼쳐 놓고 시장통에서 사 온 어묵과 자취생의 익숙한 솜씨로 끓여 낸 콩나물국, 시골에서 올라온 김치 등속을 꺼내 놓고 우리끼리 잔을 부딪치던 날이었다. 우리 중 한 사람의 생일을 기념하는 조촐한 자리였던 것 같기도 하다. 제과점에서 비싼 케이크는 살 수 없어 초코파이에 초 대신 성냥개비를 심어 놓고 불을 붙여 의식을 치렀다. 하원은 술 대신 오렌지 향이 나는 탄산음료를 잔에 채워 건배를 했다. 촛불 대신 타오르는 성냥개비 불빛이 하원의 시원한 콧날과 발간 입술 위에서 환한 그림자로 일렁이다 사라졌다.

수업이 끝나고 수호가 밤늦게 돌아오면 우리는 조직에서 함께 일하는 동료와 선후배들 이야기를 자주 나누곤 했다. 그때마다 마지막에 수호는 하원에 대한 이야기로 끝내곤 했다. 언젠가 하원에게 자신의 마음을 고백해 보겠노라고 혼잣말 같은 다짐을 했다. 그러지 못할 것이란 사실은 그 자신이 더 잘 알고 있을 터였다. 녀석은 소심하기 그지없어서 정세에 대한 사회과학적인 인식을 바탕에 깐 명쾌한 분석은 유창하게 세미나 때 이어 갔지만, 여자들 앞에서는 언어 신경이 마비돼 버리는 듯했다. 나는 밤마다 그 답답함을 풀어놓는 상대가 될 수밖에 없었다. 그런 녀석에게 하원과 내가 다정하게 심야에 그 방에 단둘이 있는 모습을 보이는 건 피하는 게 좋았다. 엄혹한 시절에 힘들게 꾸려 가고 있는 조직에 작은 균열이라도 생기는 건 용납되기 어려웠다.

하원과 내가 급하게 숨고 야학이 붕괴되면서 수호의 행방도 묘연해졌다. 월포에서 그렇게 어처구니없이 하원에게서 떨어져 나온 뒤 군대에 끌려갔고, 이후 사회에 나와 복학했을 때 수호의 소식을 들을 수 있었다. 수호는 하원과 달리 간 곳은 분명했지만, 더 이상 누구도 그의 얼굴을 볼 수는 없었다. 하원은 실종되고 나는 그렇게 사라진 뒤 수호는 홀로 남아 도서관 6층 옥상으로 올라갔다. 그는 자신이 뿌린 유인물들과 함께 그곳에서 허공으로 날아올랐다.

6

우리는 이 땅의 진정한 민주주의와 노동 인권 수호를 위하여 야학 운동을 했던 대학생들로서 금번 치안본부장 직속의 특별수사조직에 의한 수사 끝에 사회주의 혁명을 위한 야학 간의 연합 조직을 결성하고 반국가 행위를 하였다고 조작된 채 은폐되어 있는 소위 "야학연합회 사건"의 진상을 만천하에 공개하고, 나아가 우리는 어떠한 권력의 탄압에도 굴하지 않고 민주 야학 운동의 기치를 높이 들 것임을 선언한다.

민주적 야학 운동에 대한 당국의 탄압은 어제오늘의 일이 아니었음은 앞에서 본 바와 같거니와 우리들은 특히 최근의 소위 "야학연합회 사건"이란 이름 아래서의 대규모적 야학 탄압, 즉 불법 강제 연금, 물리적 수사, 심리적 고문에 의하여 수많은 민주 야학 교사들의 인권을 유린하고 나아가 강요에 의한 허위 자백을 통하여 수많은 관제사회주의자 사회주의 혁명야학을 양산시킨 사건을 특히 주목하고자 한다.

우리는 다음과 같이 주장한다.

하나, 당국은 일체의 야학 탄압과 현재도 계속 확대 진행 중인 소위 "순화 교육" 명분의 불법 강제 연행을 즉각 중지하고 인권유린을 공개 사과하라.

하나, 야학 교사들은 당국의 추가 연행을 보이콧하고, 그래도 불법 연행을 하면 범민주 운동권의 지지 속에 전체 야학운동차원에서 철저한 민주수호 투쟁을 전개할 것이며, 동시에 야학 노동자들은 적극적으로 동참한다.

하나, 민주주의를 위해 싸우는 이 땅의 모든 이들에게 이번 야학 탄압 사건은 결코 야학만의 문제가 아니며 이 땅의 민주주의의 앞날과 관계되는 것이니만큼, 야학 운동에 보다 깊은 지지와 참여를 촉구한다.

하나, 야학 운동은 결코 사회주의 운동일 수 없는 민족사적 전통으로 이어 내려온 민주적 민중 운동임을 분명히 밝히며 이 땅의 민주주의와 인간 회복이 이루어질 때까지 우리는 보다 철저한 노력으로 야학 운동을 발전시키고 확대 지속할 것임을 선언한다.

7

"저를 키워 주신 어머니는 따로 계셨어요. 사춘기가 지날 때까지도 저에겐 그 어머니 한 분뿐이었죠. 생모가 따로 있었다는 것, 아버지조차 저를 키워 줬을 뿐 친부가 아니라는 사실을 아버지는 죽음에 임박해서야 털어놓고 가셨어요."

희미한 청귤 향이 떠도는 카페에서 희연은 나직한 목

소리로 말을 이었다. 희연의 말들이 전율을 일으켜 뜨거운 기운이 정수리에서 등골을 타고 흘러내렸다.

"사라진 생모는, 젊은 그 여인은 어느 날 산골 아버지 집으로 아이를 낳으러 들이닥쳤다고 해요. 서울에서 야학할 때 교사와 학생으로 알던 사이였을 뿐, 할머니가 동네 유명 산파였다는 사실을 어쩌다 들었을 뿐, 남녀의 인연으로 맺어진 사이가 아니었는데도 생모는 얼마나 급한 사정이 있었기에 혼자서 아버지에게 도움을 청하러 그 깊은 산중 읍내까지 찾아왔을까요. 그렇게 아이를 낳은 뒤 일주일쯤 지나서 낯선 사내들에게 잠시 불려 나갔다가 사라졌다니, 기가 막힐 노릇이었을 겁니다."

희연은 자신의 출생에 얽힌 이야기를, 비극이라고밖에 이야기할 수 없는 그 일을 말하다가 실소를 머금었다. 그녀는 짙은 해무 때문에 검은 소나무 둥치만 보이는 창밖으로 시선을 돌렸다. 잠시 침묵을 지키던 희연이 다시 말을 이었다.

"수소문해 보니 생모는 무슨 일인지 모르지만 서울에서 내려온 형사들에게 인계돼 기차로 압송됐다고 하는데, 이후 야학을 같이 했던 학강들을 찾아 물어보아도 아무도 종적을 몰랐답니다. 아버지가 아는 이름, 송연희는 처음부터 없는 이름이어서, 끝내 어머니의 행방은 찾지 못했다는군요. 당시 강학들은 모두 가명을 썼고 실명은 물론 연락처 또한 철저하게 보안 사항이어서 그들은 찾을 길이 없었고요."

그 시절 사라진 이들 중 육신이라도 발견된 이들은 그나마 다행이었다. 육신을 앞에 두고 죽음의 원인을 정확히 밝히는 데 진력해도 제대로 규명되지 않는 일들이 비일비재했지만, 끝내 종적조차 알 길 없는 실종된 이들의 경우는 의문사의 범주에도 들 수 없어 억장이 무너졌다.

"생부와 생모의 존재는 전혀 모른다…… 말 그대로 천애고아인 셈이군요. 그래도 성장기에는 고아인 줄 모르고 잘 자랐으니 그나마 다행입니다. 뒤늦게 다시 세상에 태어나 버려진 느낌, 차라리 몰랐다면 더 나았을까요?"

"글쎄요. 쓸쓸하다기보다 오히려 희망이 생기는 기분도 들어요. 키워 준 두 분에겐 지금도 고맙고 또 감사하지만, 어딘가에 또 다른 제 존재의 샘이 존재했고 여전히 이승에 있을지도 모르니 생이 좀 더 풍성해진 느낌이랄까요? 다만, 저를 이 세상에 존재하게 한 그분들이 어느 시공에 머물러 있더라도 더 이상 고통받지 않고 편안하셨으면 좋겠어요."

하원을 찾는 여정에 희연을 끌어들이는 건 잘한 일일까. 희연이 순하게 털어놓은 태생에 얽힌 이야기가 무모

한 용기를 부추긴 걸까.

"모친을 찾고 싶지 않아요? 혹 이 세상 분이 아니더라도 그분의 마지막 행로라도 알고 싶진 않은가요? 그 여인이 희연 씨의 생모라고 장담할 순 없지만, 어느 정도 개연성은 충분한 것 같습니다. 물론 원한다면 쉽게 가릴 수 있는 검사 방법도 있겠죠. 야학에서 만난 교사 출신이라는 사실은 제가 아는 그 여인과 정확하게 일치합니다."

희연은 한참 동안 빤히 바라보다가 스탠드 쪽으로 걸어가더니 옷걸이에서 트렌치코트를 내려 입고 통유리문을 밀어 해무 속으로 나갔다. 그녀는 소나무 둥치 옆 벤치에 앉아 바다를 바라보며 생각에 잠긴 듯했다. 그녀 혼자 바깥에 머물게 하고 실내에 앉아서 지켜보는 수밖에 없었다. 거리에서 처음 만난 남자가 남쪽 바닷가까지 내려와 아득한 설화 같은 이야기를 늘어놓고 있는 상황이 납득이 될까. 그날 광장은 같은 마음들이 모이는 용광로였으니 우리가 만났을 개연성은 희미하게 확보된 셈이지만, 이런 드라마 같은 전개는 아무래도 석연치 않을 것이다. 해무가 차츰 걷히면서 소나무 푸른빛이 살아나기 시작할 무렵, 희연이 다시 실내로 들어왔다. 그녀는 의외로 흔쾌하게 말했다.

"이제 와서 한 번도 본 적이 없는 분을 찾아 나선다는 게 잘하는 일인지는 모르겠습니다. 그렇지만 제 존재의 뿌리는 만져 봐야죠. 어떤 분이셨기에 핏덩이를 남겨 둔 채 사라져야만 했는지, 그때 이래 지금까지 흔적이 없는지, 그분 마음은 어떠했는지, 아니…… 그분은 어떤 삶을 살았는지, 솔직히 궁금하고 그립습니다. 그분이 누구든 우선 같이 찾아보죠. 제가 도울 수 있는 부분이 있다면 말씀해 주세요."

8

기차역 플랫폼은 높은 천장에서 내려오는 자연광으로 밝았다. 그 빛은 눈부시기보다는 천장의 격자들이 무늬를 이루는 부드러운 조명에 가까웠다. 공격적인 햇빛이 아닌 부드러운 질감이어서 청명한 아침 여행을 떠나는 이가 설렐 만한 연한 빛이었다. 플랫폼 간이매점에서 커피를 사 들고 나와 철길 옆에서 희연을 기다렸다.

하루하루가 이즈음은 낯설었다. 매일 새로 생을 시작하는 느낌이 드는 건 기억 회로에 이상이 생긴 탓일까. 지나간 일들이 때로는 아주 아득해서 이 별에 이제 막 도착한 듯한 기분이 들 때도 있고, 어떤 순간은 현재가 아니라 수십 년 전 어느 때 내가 서 있는 것 같은 착각이 들 때도 있다. 기억 세포에 생긴 문제라기보다 하원의 젊은 아바타 같은 존재가 나타난 것이 결정적인 이유일 수도 있다. 생명의 신비라는 말로 간단히 치부하기에는 오묘하고 깊은 생태계의 운행이 새삼 놀라울 따름이다.

아메리카 대륙에 사는 제왕나비는 1년 동안 4대에 걸쳐 이어달리기하듯 알을 낳고 죽고 다시 알에서 부화하는 과정을 되풀이하며 캐나다 남부에서 멕시코 고원지대까지 5000킬로미터를 왕복한다고 하니, 생명의 놀라운 속성은 그 끝을 다 알기 힘들다. 멕시코에 이르러 나뭇가지에 수많은 나비들이 매달려 겨울을 날 때 숲은 몇백 만 마리가 열매처럼 나무에 가득 달려 있는 장관을 이룬다. 멕시코인들은 이 나비들이 매년 찾아오는 망자의 혼이라고 여긴다니, 그들에게 그 시기 나비들의 숲은 삶과 죽음 사이를 잇는 중음의 공간인 셈이다.

"일찍 나오셨나 봐요. 날씨가 참 좋아요."

등 뒤에서 맑은 솔 음이 들렸다. 어깨까지 찰랑거리는 머리를 뒤로 묶고 바랜 석류빛 스카프를 목에 두른 희연이 환하게 웃고 서 있었다. 갈맷빛 스웨터에 검은 재킷을 걸치고 청바지 차림으로 작은 캐리어를 끌고 나타난 희연은 봄날의 싱그러운 초목을 연상케 했다. 그녀에게는 여행을 떠나는 이의 경쾌함이 스며 있었다.

"여행을 자주 다니는 편인가요?"

"그런 편이죠. 한곳에 가만히 머무르는 건 미래에 대한 예의가 아니라는 생각이에요. 장소뿐만 아니라 생각도 그런 것 같아요. 미련에 발목 잡혀 같은 시간과 공간이나 이미 떠난 사람에 오래 머물러 있는 건 좋은 태도는 아닌 것 같아요."

"그런가요? 그게 마음대로만 된다면 좋겠지만 지나간 것들이 문득 뒤꼭지를 잡아당겨 놓지 않는 경우도 많답니다. 가까스로 빠져나왔다고 생각했는데 어느 날 한 발짝도 벗어나지 못한 채 그 기억을 수면 아래로 지그시 눌러 놓고 살았다는 자각을 한다면 어떤 느낌일 거 같아요?"

젊은 그녀도 추억과 회한이 없을 리 없지만 과거에 발목 잡히기에는 살아온 날보다 남은 날들이 더 많기에 저런 태도도 가능할 것이다. 희연은 살아온 시간의 축적 정도를 떠나서 삶의 태도가 강건한 느낌이긴 하다. 대체로 맑고 선선했지만 때로 황사가 불어온 대기처럼 희미해지는 눈빛까지 숨기진 못했다.

희연과 함께 내린 곳은 하원과 새벽에 당도했던 그 역이었다. 역사 앞은 둥그런 형태의 화단이 조성돼 택시 정류장이 따로 한쪽에 마련돼 있었고 읍내로 향하는 길은 깔끔하게 아스팔트로 포장돼 앞쪽으로 길게 달려 나가고 있었다. 그날 우리가 심야 열차를 타고 이곳에 내렸을 때는 쌀쌀한 새벽녘이었다.

그때 그녀는 기차에서 내내 긴장됐던지 잠을 이루지 못했다. 잠시 선잠에 들었다가도 이내 놀라 몸을 일으켰다가 내 눈과 마주치자 그제야 안심한 듯 빙긋이 멋쩍은 웃음을 짓고 다시 차창에 머리를 기댄 뒤 눈을 감았다. 나는 그런 그녀를 지켜보며 뜬눈으로 그 밤을 보내고 새벽을 맞았다.

희연과 함께 내려오는 동안 차창 밖은 환한 빛이 눈이 부실 정도였다. 그날 밤의 어둠과는 대척점에 놓인 풍경이었다. 세월은 흘렀고, 새로 돋아나는 저 연두의 빛처럼 새로 자라난 생명이 옆자리에 앉아 있는데 그녀만 종적이 없다. 출발하기 전 미리 예약해 놓은 렌터카가 역 앞에 대기 중이었다. 차를 가지고 나온 이가 내미는 서류에 서명하고 희연을 조수석에 태운 뒤 서서히 움직이기 시작했다.

하원과 함께 트럭 짐칸에 웅크리고 앉아 겨울바람 속에 쫓겨 가던 길을 그녀를 닮은 희연과 아늑한 승용차에 앉아 간다. 시간은, 세월은 많은 것을 바꾸고 파괴하고 지운다. 내 기억도 빛이 바래 세월 속에 스며들었을 것이다.

붉은 옷자락이 빛에 바래면 다홍이 되고 그 다홍마저 바람과 볕에 오래 노출되다 보면 희미한 자취만 남게 될 것이다. 지금 내 기억은 어느 단계인가. 그녀에 대한 내 기억만은 세월이 흘렀어도 여전히 선홍빛이라고 장담할 수 있을까. 선연한 붉은 빛깔까지는 아니더라도 여전히 따스한 다홍빛인 건 부인할 수 없을 것 같다. 이제 살날이 살아온 날보다 많지 않다는 사실을 감안하면, 죽는 날까지도 그 빛깔은 내 가슴속에서 지워지지 않을 것이다.

"지금 가는 곳은 몇 번이나 다녀오신 건가요? 갈 때마다 무슨 흔적이라도 발견하셨나요?"

서해가 내려다보이는 해변 언덕길로 승용차가 올라설 무렵, 잠에서 깨어 창밖을 응시하던 희연이 입을 뗐다. 언덕 아래로는 제법 높은 파도가 허연 이빨을 드러내며 길게 열을 지어 몰려왔다가 무너지곤 했다.

"나도 그곳에 다녀온 지는 꽤 오래되었어요. 의문사조사위원회에서 나온 사람을 안내한 뒤로는 다시 찾지 않았으니 안 가 본 지도 거의 20년은 다 돼 가는 것 같아요. 그녀의 종적이 사라진 뒤로 이곳에 와서 그녀를 수소문해 보았지만 허사였고, 그 뒤로도 그녀 생각이 간절해질 때면 혼자 불쑥 내려와 이곳 바닷가를 배회하기도 했지요."

9

우리가 그 집에 갔을 때는 봄이 오기 전이었다. 복수초
가 봄기운을 감지하고 제 몸의 열기로 눈을 녹여 뚫고 노
랗게 올라오기 시작할 무렵이었을 것이다. 남쪽 섬에서
는 매화도 한두 송이 벙글었을 절기였다. 음력설을 쇤 지
2주일쯤 지난 무렵이었으니 2월 하순쯤이었다. 겨울 끝자
락에 우리는 그곳까지 쫓겨 갔고 봄을 앞둔 초입에 우리
만의 작은 우주에 들어선 것이다.

외가 쪽 이모의 아들이 운영하는 바닷가 민박집은 비
수기라서 텅 비어 있었다. 주로 여름 한철 해수욕객들을
받기 위해 한시적으로 운영하던 공간이라 관리하는 이도
그곳에 상주하지 않았다. 어머니를 따라 어린 시절 해수
욕을 하러 오갔고 청소년기에는 비수기에 친구들끼리 놀
러 와 머물고 간 적이 있었다. 그때 친척은 잘 쓰고 청소
만 깨끗이 해 놓고 가라고 양해했다. 해안선이 완만하게
굽어져 들어간 포구에서 조금 떨어진 곳에 자리 잡은 집
이었다. 해가 질 때면 하늘과 바다를 물들인 붉은색이 그
집까지 감싸는 바람에 멀리서 보면 불길이 오르는 집처럼
보일 정도였다.

우리는 그때 포구를 지나쳐 염전이 있는 마을까지 가

는 이삿짐 트럭을 잠시 세워서 먼저 내려 그 집에 찾아들었다. 마당가에는 지난가을 돋아난 마른 풀들이 바람에 흔들리고 있었고 겨울 내내 비워 둔 집 현관은 먼지와 함께 냉기가 가득했다. 거실에서는 유리창 밖으로 마당을 가로질러 바다가 보였다.

우리는 벽장에서 이불을 꺼내 둘러쓰고 거실 소파에 앉아 바람이 잔가지를 흔들어 유리창을 두드리는 소리를 들으며 한기를 녹였다. 휴대용 가스가 몇 개 남아 있어 그것으로 물을 끓여 라면으로 허기를 때웠다. 역전통에서 트럭에 오르기 전 서둘러 먹거리들을 챙기긴 했지만 며칠 버티지 못할 분량이었다. 다행히 냉장고 옆 박스에는 단체로 다녀간 듯한 객들이 남겨 놓은 라면들이 제법 쌓여 있었다. 허기가 물러가자 졸음이 밀려왔고 우리는 서로에게 기댄 채 잠이 들었다. 전날 심야 열차를 타고 내려와 꼬박 하루 만에 맛보는 편안함이었다. 쫓기는 불안한 심정이었으니 피로는 더 누적됐을 것이다. 유리창 밖 파도 소리가 귀에 들어오고, 환한 빛이 이마를 간질일 무렵 깨어났다.

눈을 떠 보니 그녀가 보이지 않았다. 현관문을 열고 나가 바닷가를 살폈지만 여전히 그녀는 없었다. 살짝 불안감이 스치긴 했어도 설마 이곳까지 추적의 발길이 미치지는 못했을 거라는 안심은 했다. 그래도 이곳 사람들에게 외지인이 빈 민박집에 들어와 있다는 걸 알게 하는 건 좋지 않은 일이어서, 사람들 눈에 띨까 봐 일단 집 안으로 들어와 그녀를 기다렸다. 아침 일찍 그녀는 어디로 간 걸까.

하원은 매사에 빈틈이 없는 편이었다. 부지런한 데다 말귀가 밝아서 선배들에게서 사랑을 받았다. 조용히 움직이는데도 일은 빠르고 뒷손이 가지 않았다. 말도 많은 편은 아니어서 비교적 필요한 말만 또박또박 천천히 발언하곤 했다. 그녀 안 깊숙한 곳에 어떤 생각들을 품고 있는지는 선후배들도 자세히 알지는 못했다. 옆에 있는 이들 중에서는 내가 그녀를 가장 많이 아는 축에 속했다. 여러 번 접해 본 사람들은 물론 처음 하원을 만난 사람들도 그녀가 주는 아늑함과 선량한 기운에 금방 경계를 풀었다. 부드러운 품성을 가졌다고 유약하거나 여린 건 아니었다. 신입생 시절에 가투에 나갈 때면 주위에서 걱정할 정도로 선봉에 서서 뛰어다니곤 했다. 고학년으로 올라가면서는 거리에 나서지 않고 주로 조직과 관련된 일을 하면서 사람들 눈에 띄지 않는 곳에서 그녀의 천품인 듯한 조용한 분위기로 돌아가, 미소를 지우지 않는 얼굴로 자신의 일에 충실했다.

현관문이 열리는 소리가 들렸다. 서둘러 방 안으로 들어가 문틈으로 기색을 살폈는데 그녀였다. 얼굴이 발갛게 얼어 있었고, 입을 열어 말할 때마다 허연 김이 나왔다. 그녀는 큰 보물이라도 얻은 양 가슴에 안고 온 물건들을 내려놓고 상기된 표정으로 말했다.

"이거 보세요! 우리 이제 한 열흘은 양식 걱정 안 해도 거뜬하겠어요. 이 동네에 홀로 사는 할머니 한 분을 만났어요. 그분이 이것저것 싸 주시는 통에 거절을 못하겠더라고요. 조금만 기다려요. 우리끼리 맞는 첫 아침인데 제대로 한번 먹어 볼까요?"

하원이 아침에 눈을 떴을 때 나는 곤하게 자고 있었다. 내 잠을 방해하지 않으려고 조심스럽게 일어나 바닷가로 나갔다. 동해나 남해에서만 일출을 볼 수 있는 건 아니다. 서해에서도 지역에 따라 일출을 볼 수 있다는 말은 들었지만 실제로 가능한지는 몰랐다. 하원은 그날 서해에서 일출을 만났다. 먼바다 수평선 쪽부터 발그레한 기운이 감돌더니 이내 하늘이 붉어지기 시작했고 해가 빨간 머리를 비죽이 내밀며 올라오고 있었다. 사방에 붉은 기운이 가득했고 바다는 이내 황금빛 아침노을로 출렁였다. 하원은 밤새 쫓겨와 외진 곳에 숨어 있다는 사실도 금세 잊은 채 무언가 모를 느꺼움으로 가슴이 바다처럼 출렁이는 느낌을 가누기 쉽지 않았다.

"아침부터 웬 처자가 혼자 바닷바람을 맞는디야? 추운 디 쩌그 우리 집이 가서 밥 한술이라도 뜨고 가실라우?"

노파가 언제 그녀 뒤에 왔는지 몰랐다. 아침노을에 취해 바닷가를 걷다가 그제야 하원은 뒤를 돌아보았다. 언덕바지 집 굴뚝에서 연기가 오르고 있었다. 하원은 정체가 노출될 것에 대한 두려움에 더 과장된 대꾸를 했을지 모른다.

"할머니 저 집에 사세요? 저는 저쪽 민박집에 남편이랑 놀러 왔어요. 아침 산책을 나왔다가 멀리 와 버렸네요. 저는 괜찮으니까 추운데 어서 들어가세요."

노파는 손주며느리 생각이 난다면서 하원의 손을 끌고 집으로 들어가더니 몇 가지 먹을거리를 챙겨 주며 남편이랑 잘 놀다 가라고 했다. 그 집에 홀로 사는 노파의 아들 내외는 일찍 사고로 죽었고, 홀로 키운 손주가 도시에서 살림을 차려 산다고 했다. 노파는 손주며느리라도 만난 양 살뜰하게 하원의 등을 쓸어내리며 어서 가서 신랑이랑 아침을 해 먹으라고 밀어냈다. 하원은 우럭 말린 것 서너 마리와 청국장에 김치까지 껴안고 왔다.

하원이 얻어 온 것들을 마냥 반길 수만은 없었다. 피서철도 아닌데 민박집에 사람이 들었다는 소문이라도 나면 언제 지서에까지 알려질지 모를 일이었다. 우리가 연인을 넘어서서 부부라도 돼야 할 이유는 그것만으로도 충분했다. 상황이 어쩔 수 없어 부부 행세를 하게 만들었지만, 나로서는 내심 바라던 꿈이었다. 신입생 시절부터 하원은 내 가슴에 들어와 자리를 넓혀 오고 있었다.

10

언덕길을 내려와 해변을 한참 달리다 보니 광활한 땅이 바다 쪽을 향해 열려 있었다. 물막이 대형 공사로 갯벌의 수많은 생명들이 대학살을 당한 지 오래였다. 스산한 빈 집들, 버려진 횟집들, 폐선들이 바다의 죽음을 증언하고 있었다. 물이 아직 빠지지 않은 바다에서는 그물이 바닥을 깊이 훑을 때마다 악취가 올라왔다. 죽은 바다 위로 쌓인 흙에서 갈대가 무성하게 흔들리고 있었고, 잠자리들이 날았다.

하원과 왔을 때만 해도 썰물이 져서 바닷물이 빠져나간 드넓은 뻘에는 크고 작은 살아 있는 것들이 느리게 혹은 빠르게 움직이며 생명의 잔치를 벌였다. 그때 하원과 나는 서로 한쪽 손을 잡고 조심스럽게 뻘로 한 걸음씩 걸어 들어가 조개를 주웠다. 한낮의 태양은 겨울에도 제법 다사로웠다. 하원과 뻘밭을 빠져나오다가 발을 헛디뎌 둘이 동시에 엉덩방아를 찧기도 했다. 뻘이 튄 얼굴로 하원은 높이 웃었다. 그녀가 그토록 티 없이 웃는 모습은 처음 보았다. 아무도 듣는 이 보는 이 없는 드넓은 뻘밭에 둘만 있는 해방감 때문이었을까.

"저리 방치해 둘 땅이면서 무엇이 급해 어마어마한 돈을 들여 바다를 매장해야 했을까요? 저 땅 밑에서 썩어가는 생명들에게 미안해요."

"저 땅에 공장들을 세울 모양이오. 공장 지을 땅이 필요해서 부지를 확보했다기보다는 무조건 먼저 막아 놓고 생긴 땅을 이용하는 수순인 거지요. 정치 논리가 앞서서 생명을 뭉갠 전형적인 경우일 겁니다."

여당 대통령 후보가 자신이 불리한 지역에 초대형 토목 사업을 제안해 시작된, 세계에서도 유례가 없는 규모의 간척 사업이었다. 하원이 사라지고 난 뒤에 시작된 일이다. 그때만 해도 그녀와 나는 매일 썰물 때면 생명의 화려한 잔치가 벌어지는 그곳을 드나들며 신혼부부 같은 날들을 보냈다.

하원과 머물렀던 집은 간척지 언덕 위에 있었다. 섬처럼 고립된 그 언덕바지로 구불구불한 길을 올라가는데 산

능선 한 구비를 돌아가자 탁 트인 조망이 눈 아래 펼쳐졌다. 하원과 함께 꾸렸던 인생의 날들, 그 순금 같은 기억의 성소가 저만치 보였다. 아래쪽에는 붉은 진달래가 발치에 오붓하게 피어 있는 무덤 두 기가 광활한 간척지를 내려다보고 있었다. 죽어서도 바다가 그리운 동네 주민의 묘소인 듯했다. 석양 속에 그 마을은 아직 그 모습 그대로였다. 흰 조개 무더기로 쌓은 담도 남아 있었다. 석류나무도 그대로 보였다. 옛집은 사람이 살지 않은 지 오래된 티가 역력했다. 양철 대문은 반쯤 부서져 걸려 있고 하얀 조개껍질을 그물망에 봉인해 그것들로 담을 쌓은, 조개 무덤이 둘러싼 집이 되고 말았다. 죽은 조개들이 호위하는 집인 셈이다. 오래된 패총처럼 변해 버린 성소 앞에 망연히 서 있는데 노란 장다리꽃들 위로 나비들이 바쁘게 날아다니고 있었다.

내 성소는 더 이상 산 사람들이 머물 수 있는 공간이 아니었다. 퇴락할 대로 퇴락한 무너져 가는 집이었다. 비가 한두 방울 떨어지기 시작하더니 이내 제법 굵은 줄기가 되어 머리카락과 옷을 적셨다. 언제 사라졌는지 나비들도 보이지 않고 장다리꽃대만 장대처럼 흔들리며 비를 맞고 있었다. 희연의 얼굴에도 빗물이 흘러내렸다.

"오늘은 일단 여기에서 나가 포구 쪽에 숙소를 정합시

다. 이곳은 머물 곳이 없어요. 아쉽지만 내일 다시 와서 둘러보지요."

희연이 빗물에 젖은 얼굴을 들어 나를 물끄러미 바라보더니 육지로 변한 광활한 간척지 너머 바다 쪽으로 시선을 돌렸다. 희연은 한동안 침묵을 지키다가 몸을 돌려 승용차 쪽으로 걸어갔다.

포구 쪽 바닷가에 목재로 지은 펜션에 들었다. 스위스 산장처럼 박공지붕을 머리에 인 삼층집이었다. 삼층은 다락방 형태여서 이층까지만 손님을 받았다. 방들이 바다 쪽을 향해 널찍하게 배치돼 있어서 방은 네 개뿐이었다. 성수기에는 미리 예약하지 않으면 묵을 수 없는 곳이지만, 성소에 들를 때마다 하룻밤 자고 가는 곳이어서 주인장과도 안면을 튼 집이다. 방이 없으면 주인집 아들이 기거하는 아래층 작은 방에 들곤 했다. 홀로 사는 주인의 아들이 군대에 가서 그 방을 비워 놓고 있었다. 주인은 집 짓는 일을 좋아해서 인근 해변에 나무로 집 몇 채를 더 지었다고 했다.

처음 이 집에서 자던 날 새벽, 문 밖에서 가깝게 들려오는 일정한 리듬의 소리에 눈을 떴다. 문을 열고 나오자 발목까지 차오를 듯 가까이 밀려온 밀물이 댓돌에 부딪쳐 찰랑거렸다. 발목을 간지럽히는 새벽 밀물이 하원의 손길

같았다. 서늘하면서도 부드러운 간질임. 일정한 리듬으로 작은 소리를 내며 다가와서 찰랑거리는 그 움직임은 오랫동안 애타게 그리워하던 느낌이었다. 울컥 솟구치는 뜨거움과 함께 서늘한 전율이 일었다. 문턱에 주저앉아 건너편 방파제 끝에서 반짝이는 불빛을 바라보았다. 잔잔한 파도에 일렁이며 어룽지는 물빛을 보며 보낼 길 없는 편지를 썼다.

새벽에 눈을 떴어. 방문 앞에서 누군가 울고 있는 것 같아서 잠이 깨어 문을 열었더니 댓돌까지 밀려온 바닷물이 찰싹이는 소리였어. 건너편 포구 불빛이 길게 물 위에 번져 흔들리네. 눈물이 어룽지는 것 같아. 옆에 와 있으면 당신은 이미 이승을 떠난 사람인 건가. 우리는 그대가 이미 이 세상 사람이 아니라고 포기하고 초혼장까지 치렀다네. 그대도 없는 빈관에 그대가 아꼈던 물건과 옷가지 들을 넣어 땅속에 묻었어. 그대의 혼이라도 깃들어 안식을 취하라고. 살아 있다면, 그대가 이승에서 숨을 쉬고 있다면 이런 어리석은 의식도 없겠지만, 우리는 그대의 흔적이라도 붙들고 그대를 기억하고 싶었던 거지.

어디 있기에, 어느 곳에서 차가운 겨울 얼음장과 봄꽃과 여름의 뇌우를 건너 세월을 흘러온 건가 그대는. 여기 이렇게 그대와 내가 누렸던 우주의 귀한 시간의 공간을 찾아왔네. 얼마나 끔찍이 그리웠는가. 혼이라도 와서 보시게. 그대를 다시 껴안을 수 있다면, 얼굴을 묻고 눈을 감고 그대의 품에서 잠을 청할 수 있다면, 이 지루한 방황을 끝낼 수 있을 텐데…… 왔다면…… 문 밖에서 서성이지 말고 들어오시게.

책상머리에서 격정에 받쳐 휘갈겼던 문구들은 지금도 기억한다. 이곳에 올 때마다 하원이 함께 있는 듯한 느낌에 휩싸이곤 했다. 올 때마다 맨정신으로는 잠들지 못하고 술기운에 쓰러져 잤으니 혼몽한 정신 상태가 그런 느낌을 자아냈을지도 모르지만, 이곳에서는 늘 혼자가 아니었다. 희연까지 왔으니 이번에는 셋이 함께 있는 셈이다.

11

조사 개시 및 방향

위원회는 진정 접수 후 기초 조사를 거쳐(진정인의 진술을 청취하고 진정 적격 여부 및 민주화 운동 관련성과 위법한 공권력의 행사 개연성에 대한 기초 자료를 수집하였다.) 사건 조사 개시 결정을 하고 특별조사과에 사건을 배당하였다. 조사 개시가 결정되자 기초 조사 결과를 토대로 사전 조사 계획을 수립하였다. 이 계획에 따라 조사의 중점은 강하원의 생사 여부 확인에 주력하는 한편, 재학시 민주화 운동 관련 내용 및 행방불명 당시의 상황과 그 과정에 공권력이 개입하였는지 여부에 대하여 집중적인 조사를 실시하기로 하였다.

12

우리는 그해 겨울에서 봄으로 넘어가는 기간 동안 그곳에 함께 있었다. 세계 어느 나라보다 정보 경찰의 감시망이 촘촘한 좁은 땅에서 우리가 움직일 곳은 많지 않았다. 야학연합을 사회주의 거점 세력 양성 단체로 큰 그림을 그리고 있는 공안 당국이 여름이 끝날 무렵부터 야학에 가담했던 성원들을 무차별 연행해 자술서를 쓰게 한다는 소문이 돌았다. 실제로 많은 선후배들이 임의동행 형식으로 불들려 갔고, 그들 중에는 고문 끝에 그들이 그려놓은 그림에 짜 맞춘 자술서를 쓰고 있다는 정보도 돌았다. 유명 건축가의 설계로 고문과 취조에 적합한 건물까지 따로 지어 자신들의 존재를 과시하는 마당에 어떻게 해서든 실적을 올리지 않으면 안 된다는 강박감이 공안 담당자들을 초조하게 내몰았다.

하원은 야학연합회에서 실질적인 살림을 꾸리는 사무국장 일을 맡아 와서 그녀를 체포하면 그들로서는 큰 그림을 완성하는 중요한 획을 그을 수 있는 셈이었다. 그들이 하원을 핏발 선 눈으로 찾고 있는 만큼, 야학연합 쪽에서도 순순히 그들이 그림을 멋대로 완성시키도록 내버려 둘 수는 없었다. 지도부에서 하원에게 별도 연락을 하기 전까지는 모든 방법을 동원해 잠수를 타도록 지시한 것도 그 때문이었다. 언제까지 서해 외딴 바닷가 빈집에 머물러야 할지 막막했다.

가슴이 무거울 때가 더 많았지만 벅차기도 했다. 평소 둘만 같이 있고 싶어도 짬을 낼 수 없었던 우리가 세상 끝 단애에서 함께 보내는 시간은 다시는 쉽게 찾아오지 않을 순금의 한때임을, 그때도 이미 예감했던 것 같다. 자주 가슴이 세차게 뛰고 머릿속이 뜨거워졌다.

13

다음 날 아침, 희연과 함께 다시 조개 무덤으로 갔다. 우리가 머물렀던 집에서 조금 떨어진 언덕바지 양철지붕

집 노파는 하원의 종적을 찾다가 지쳐서 들를 때마다 보이지 않았다. 그 노인의 집도 간척지로 변한 땅 언덕 위에서 육지의 섬이 된 지 오래다. 노인은 세상을 떠났거나 아직 이승에 있다면 도회지에 산다던 손주 집이나, 그도 아니면 요양원에 들어가 있을지 몰랐다. 무성한 잡풀들이 집 주변을 에워싸고 있었고, 폐가로 변한 집의 마룻장이 바람에 삐걱거리는 소리를 냈다.

"먼 사람들이여?"

희연이 삐걱거리는 마룻장을 밟고 올라 안방 문을 여는데 조개 무더기로 쌓은 담장 뒤편에서 사람 목소리가 들렸다. 40대 중반쯤으로 보이는 사내가 휠체어를 뒤에서 잡고 있었다. 휠체어에는 세월이 얼굴에 주름살을 깊이 음각한 노파가 앉아 있었다. 마당으로 내려서는 희연을 무너진 담장 바깥에서 노파가 뚫어져라 응시하더니 목소리를 높였다.

"아이고…… 이게 누구여? 아니 어디 가 있다가 이러코롬 젊어져서 나타났당가. 예전 겨울에 쩌그 아랫집에 있던 그 처자 맞지?"

희연이 당황해서 멈칫거리며 뒤로 물러서는데 노파가 황급히 휠체어를 굴려 그녀에게 쓰러질 듯 다가서며 연신 목소리를 높였다.

"아이고, 아이고…… 시상에. 그려 어떻게 살았길래 그동안 얼굴 한번 안 비쳤당가. 나는 자네가 머리채를 잡혀 끌려가고 난 뒤로 맴이 아퍼서 잊지를 못했는디. 지금도 그때 생각만 허믄 맴 한구석이 애려……."

노파는 희연에게 다가와 손을 잡더니 어린 시절에 헤어진 이산가족이라도 되는 양 울먹였다. 희연이 당혹스러운 표정으로 나를 쳐다보았지만 더 놀란 건 나였다.

"할머니, 저 알아보시겠어요? 그 처자 남편…… 이렇게 살아 계셨다니 정말 너무나 고맙고 반갑습니다."

노파는 희연의 손을 놓지 않은 채 나를 물끄러미 쳐다보다가 입을 뗐다.

"이 사람은 뉘기여? 아, 글고 본 게 그놈들과 한패 아녀? 이 썩을 놈! 이 나쁜 놈의 새끼, 먼 낯짝으로 나타났다냐, 응?"

노파는 휠체어 옆에 놓인 지팡이를 들어 다짜고짜 나를 향해 휘둘렀다. 휠체어 뒤에 서 있던 사내가 노파를 제지하며 서둘러 사과했다.

"죄송합니다. 저희 할머니가 치매기가 있어서 정신이 오락가락하십니다. 오늘은 이 집에 오기 전까지만 해도 온정신이었는데 저분을 보더니 갑자기 증세가 도지시네요. 양해해 주십시오."

치매라 해도, 노파의 말들은 하원의 행방을 좇는 단서를 제공할 수 있다. 그동안 많은 인력이 긴 시간 동안 찾았지만 허사였던 하원의 종적이 여기에서 밝혀질 수도 있다는 기대가 새삼스럽게 고개를 들었다. 이리저리 허공을 가르는 지팡이를 온몸으로 막아서며 노파에게 새된 목소리로 다급하게 물었다.

"그 처자가 누구에게 붙들려 갔다구요? 할머니! 저는 그 처자와 그때 같이 있던 남편이에요. 기억해 보세요. 반찬 가져다주실 때마다 인사드렸잖아요, 할머니!"

노파는 지팡이를 휘두르다 말고 배터리가 떨어진 인형처럼 갑자기 동작을 멈추고 고개를 떨구더니 머리를 등받이에 기대고 눈을 감았다. 기력이 달리는지 잠시 숨을 고르던 노파가 희연의 손을 찾아 그러쥐고 천천히 말했다.

"진작에 끌려갔제. 아직도 소식을 모른당가. 그때 하서지서 순경이랑 같이 온 사람들이 그 젊은 처자를 개 끌 듯이 끌고 갔당게. 내 두 눈으로 똑똑히 봤어. 하도 기가 막혀서 그놈들 붙잡고 욕이란 욕은 다 했응게. 소용없드만. 그길로 서울로 데꼬간다고 혔어. 그 처자가 도망치는 바람에 지들이 물먹었다고 허등가. 다시는 도망칠 생각 말라고 단단히 잡도리를 허드만. 처자가 끌려가면서 뭣이라고 했는지 몰라도 귀싸대기를 올려부쳐 땅바닥에 쓰러지는 것까장 봤어. 내가 아무리 늙었어도 그날 그 일만은 똑똑히 기억허는구먼. 내 딸이 끌려가는 것맨치로 가슴이 찢어져서, 고걸 막지 못해서 내내 가슴패기 한구석이 체헌 것처럼 답답혔어. 위매, 처자를 봉께 내 속이 좀 뚫리는 것 같어. 고맙네, 고맙소."

잠자코 노파의 말을 듣고 있던 사내가 담요를 무릎 위까지 덮어 준 뒤 휠체어를 돌리면서 말했다.

"할머니가 기력이 약해서 오래 바깥나들이를 못 하세요. 오늘은 하도 옛집에 가 보고 싶다고 성화를 하셔서 모시고 나왔는데, 좀 흥분하신 거 같습니다. 나중에 요양원으로 오시면 대화가 더 가능할지도 모르겠네요."

심장이 두근거릴 정도로 아쉽고 야속했지만 아픈 노파를 더 이상 시달리게 할 수는 없었다. 사내가 노파를 번쩍 안아 길가에 세워 놓은 승용차 뒷자리에 태우고 휠체어를 접어 트렁크에 넣은 뒤 서서히 사라졌다. 소동을 말없이 지켜보고 있던 희연은 그들이 가고 나자 천천히 곁으로 걸어왔다. 희연은 내 손을 두 손으로 감싸듯 꼭 쥐고 광활한 간척지 너머로 시선을 던지며 말했다.

"제가 그분과 닮기는 많이 닮은 모양이네요. 치매라고 해도 저를 그분으로 착각할 정도라면 인정할 수밖에 없네요. 정신이 온전한 선생님도 처음에 제가 그분과 닮았다고 하셨잖아요."

"그래요. 그건 사실이에요. 여기까지 따라와서 봉변을
당할 뻔했죠? 미안해요."

"제가 결정한 건데 무슨 말씀을 그렇게 하세요. 너무
조급해하지 마세요. 지금까지도 기다리고 참았는데 이제
새로운 단서도 생겼잖아요. 제가 따라오길 잘한 거 같아
요."

희연은 다가와 오히려 차분하게 위로의 말을 건넸다.
말은 그리하지만 그 아이도 속으로는 많이 흔들렸을지
모른다. 아이라니, 서른 중반의 여자아이를 본 적이 있는
가. 아무리 나이를 먹어도 그 아이와 우리 사이의 나이는
줄어들지 않으니 아이는 영원한 아이다. 그렇지 않은가,
당신.

14

노파와 아들이 가고 난 뒤 희연과 나는 조개 무더기로
이루어진 담장을 따라 집을 한 바퀴 돌았다. 시간이 흐르
면 뼈대조차 주저앉아 그대로 사그라질지 모를 상태였다.
하원과 함께 앉아 석양 무렵 수평선을 바라보던 마룻장은

삐걱거리긴 해도 아직 이빨이 빠진 곳은 없었다. 마룻바닥에는 부연 먼지가 두껍게 쌓여 있었다. 마당에 버려져 있는 빗자루로 희연과 내가 앉을 만한 면적만큼 쓸어 낸 뒤 손수건을 꺼내어 윤이 나게 닦았다. 희연에게 하원이 앉아 있곤 하던 자리를 가리켰다. 희연은 나를 바라보며 희미하게 웃더니 마루 위로 올라가 그 자리에 앉았다. 희연이 마루에 앉아 간척지로 변한 옛 바다와 언덕 아래 무덤과 진달래 들을 둘러보더니 나직이 말했다.

"왠지 이곳이 제 생가 같은 느낌이 들어요. 제가 태어난 곳은 분명 다른 곳이니, 어쩌면 전생에 살았던 집일까요? 아늑한 엄마 배 속 같은 느낌이랄까…… 태중의 아이를 보호하던 양수 같은 저 바다가 말라붙어 버린 건 가슴 아프네요."

희연이 이 집에서 뭔지 모를 아늑함을 느끼는 건 자연스러운 감정일 수도 있다. 그녀가 잉태되고 하원의 배 속에서 적어도 몇 개월은 보냈음직한 원초적 고향일지도 모르지 않은가.

"마루 위에 서서 보면 간척지 끄트머리 바다가 조금 보일 거요. 그녀도 수평선 쪽에서 갯벌에 물이 들어오는지 가늠할 때면 종종 마루에서 일어나 손차양을 만들어 멀리 내다보곤 했어요."

희연이 간척지 너머 멀리 희미하게 빛나는 바다를 보기 위해 마루에서 일어서는 순간, 오래된 마룻장이 무너지면서 오른발이 마루를 가로지른 나무판 사이에 빠지고 말았다. 넘어지면서 오른쪽 무릎을 바닥에 꿇는 바람에 무릎 살갗이 벗겨져 피가 비쳤다. 다행히 발은 마룻장 사이에 끼지 않아 쉬이 빼낼 수 있었다. 희연이 무릎에 난 상처를 내려다보다 놀라서 소리쳤다.

"여기 좀 보세요. 뭐가 있어요!"

희연이 발을 빼자 마룻바닥 밑으로 먼지에 뒤덮인 보자기가 보였다. 서둘러 마룻장 몇 개를 더 뜯어내고 조심스럽게 보자기로 싼 뭉치를 꺼냈다. 햇빛 아래 흰 보따리를 꺼내 놓자 먼지들이 부옇게 일어 언덕 아래 무덤 쪽으로 비산했다. 꼭꼭 싸맨 보자기 속에는 종이 뭉치와 함께 수십 년 세월을 견딘 편지가 수신자를 기다리고 있었다. 하원의 목소리가 오랜 침묵에서 해방돼 빛바랜 글씨로 풀려나왔다.

15

어디쯤 오고 있나요. 지난밤 내내 한숨도 자지 못했어요. 바람에 장독 덮개가 들썩이는 소리, 양푼 같은 게 날아가며 쨍그렁거리는 소리들이 누군가 마당에 들어서서 기척을 하는 것처럼 들렸어요. 그때마다 창호지 문에 구멍을 뚫어 붙인 사각 유리에 눈을 붙이고 컴컴한 바깥을 유심히 살폈지만 사람 같은 건 잘 보이지 않더군요. 일정한 간격으로 철썩거리는 파도 소리는 내 등을 가만가만 쓸어 주며 위로하는 목소리처럼 들렸습니다. 괜찮다, 아무 일 없다, 걱정 말아라, 늦게라도 꼭 온다, 괜찮다, 괜찮다……. 그렇게 자장가 같은 환청에 까무룩 선잠이 들었다가도 쨍그렁 떼구루루 개 밥그릇 굴러가는 소리에 화들짝 깨곤 했지요.

처음 이 집에 들었을 때부터 개는 보이지 않고 쭈그러진 양은그릇만 마당 구석 개집 앞에 버려진 듯 놓여 있었던 것 기억하지요? 유난히 개를 좋아하고 다루기도 잘 하는 당신이 땅바닥에 얼굴이 닿을 듯이 상체를 기울여 개집 안을 살펴보고 집 뒤까지 여기저기 찾아봤지만 개는 흔적이 없었어요. 집주인이 버리고 갔다면 이곳에서 가만히 앉아 먹이를 기다릴 순 없었겠지요. 야생 개처럼 여기저기 쏘다니며 먹이를 구했겠지요. 그래도 밤이 되면 이곳으로 돌아와 찬 이슬과 바람을 피할 수도 있겠다 싶어 양은그릇 구르는 소리에 문을 살짝 열고 내다봤지만 개는 흔적도 보이지 않았어요.

이제 바람 소리가 많이 숙어 들었네요. 새벽이 오고 있어요.

창호지를 바른 문살에 희미하게 여명의 빛깔이 스며들어요. 저 검은빛이 깔린 파랑은 분명 희망을 머금은 색이겠지요? 당신이 오고 있다는 신호인 게 맞지요? 파도 소리는 여전히 규칙적으로 성실하게 자신의 존재를 알리는군요. 저 소리가 가까이서 뛰는 당신의 심장 박동이라면 얼마나 좋을까요.

16

우리는 짧지만 영원히 음각된 그 우주의 시간에 포구 인근 숲속 전나무 길을 가끔 걸었다. 전나무들 사이사이에 자리 잡은 활엽수들이 계절을 알려 주었다. 전나무길 너머 고요한 절집의 경내를 돌아 나오는데, 이른 아침인데도 불목하니가 진공청소기를 등에 메고 사이렌을 울리듯이 낙엽들을 밀어냈다. 고요한 사찰의 정적을 깨는 소리의 테러에 가깝다. 당신이 와 있다는, 안간힘을 다한 알림이었을까. 아니다. 아무리 급해도 당신이라면 이리 무참하게 신호를 보내지는 않았을 것이다.

봄가을에 두 번 꽃을 피운다는 춘추 벚꽃나무가 꽃망울을 터뜨린 모습도 보았다. 이 또한 당신이 내 주변 어딘가에 있다는 신호였을까. 따지고 보면 나는 도처에서 당신을 보는 셈이다. 지금 창문을 열어 놓아 바람이 드나드는데 커튼을 드리운 봉이 창턱에 부딪쳐 달그락거린다. 이를테면 나는 이 소리에서도 당신의 노크 소리를 듣는다. 어디에 있는가. 나타나든지, 흔적이라도 남겨 주면 좀 좋겠는가, 당신.

17

전나무 길에서 벗어나 미선나무가 자라는 숲길을 희연과 걸었다. 지금은 국립공원 생태 보호구역으로 지정돼 평소에는 개방하지 않는 길이다. 우리가 머물던 초가집 자리에 들어선 펜션 주인이 특별히 청을 넣어 들어갈 수 있었다. 낙엽이 지는 한편으로 발아래에는 연록의 생명들이 다시 나오고 있다. 이제 나와서 어찌 모진 추위를 견디려는지 안쓰러웠다. 철모르고 나온 것일까, 아니면 말 그대로 살아 있으라는 생의 명령이었을까. 하원, 당신도 어딘가에 살아 있다면 이런 명령을 받을 순 없는 것인가.

미선(美扇)이란, 아름다운 부채라는 한자 이름이라는 말이라고 그날 처음 들었다. 이 늦가을에 꽃은 진 지 오래고 부채 모양 열매도 아침에 내린 비에 젖어 날지 못했다.

하얀 개나리로도 불리는 미선나무의 꽃말은 '모든 슬픔이 사라진다'이다.

마지막 생존 준비에 들어간 나무들이 그동안 살기 위해 거느렸던 나뭇잎들을 이제 필사적으로 떨궈 내기 위해 안간힘을 쓰고 있었다. 봄부터 여름을 거쳐 오면서 왕성한 광합성으로 생을 지탱시켜 준 나뭇잎들과는 이제 이별할 때가 온 것이다. 겨울을 나기 위해 잎으로 가는 수분을 차단하는 바람에 저마다 다양한 붉은빛으로 물드는 나뭇잎들의 아우성으로 가득한 숲이었다. 계곡을 따라 그 길을 걷다 보면 저 아래쪽으로는 물안개가 피어오르는 제법 깊은 계곡물이 보였다. 물안개가 오르는 그 주변을 키 큰 신우대들이 감싸고 있어서 신비로운 느낌이었다. 미선나무는 봄이나 돼야 얼굴을 볼 수 있을 터이다. 앞당길 수도 늦출 수도 없는 자연의 거대한 법칙. 아무도 그 순리를 거스를 수는 없다. 희연은 물안개가 오르는 계곡의 돌출된 바위에 앉아 미선나무 숲을 내려다보다 한숨을 쉬며 들릴락 말락 중얼거리듯 말했다.

"저 나무들처럼…… 그분을 떨구신 건 아니겠지요?"

18

참고인 및 피진정인 조사

조사팀은 먼저 강하원이 행방불명되었을 당시의 상황을 정확히 파악하기 위하여 진정인에 대하여 모두 7회에 걸쳐 대면 조사를 실시하였다. 또한 강하원의 재학 중 행적과 실종 전후의 행적 등에 관하여 자세히 파악하고자 대학 동기생 등에 대한 소재를 확인하여 7명에 대하여 조사하였고, 강하원의 실종 전 행적과 관련하여 당시 강하원의 야학 동료 교사 2명 등을 조사하였다.

강하원에 대한 미행 감시 등 시찰 여부를 확인하기 위하여 당시 강하원을 담당하였던 경찰관의 소재를 확인하였으며, 미행 감시와 관련하여 당시 관악경찰서 소속 형사 최상국 등 24명에 대하여 조사를 진행하는 등 총 42명에 대하여 46회에 걸쳐 조사하였다.

19

희연, 바라보기만 하기에도 눈부신 내 젊은 친구, 얘기해 줄게. 어쩌다 그녀와 헤어지게 됐는지. 그날 아침 하원은 난감한 표정으로 머뭇거리다가 읍내에 한번 다녀올 수 있겠느냐고 물었어. 밤새 하복부 통증 때문에 뒤척였거든. 급하게 쫓겨 내려오느라 여자들에게 필요한 물품을 챙겨 오지 못했어. 얼마나 그 집에 머물게 될지는 모르지만 먹을거리도 확보해야 하는 데다 우선 급한 것들을 구해야 하는 문제까지 겹쳐서 외출을 하게 된 거지. 여기까지 감시망이 뻗어 있으리라곤 상상하지 못했어.

전날 만난 노파 말에 따르면 이곳에서는 여름 성수기를 제외하곤 읍내로 나가는 버스가 오전 오후 한두 차례밖에 없다고 했어. 오전에 나가면 천생 오후 버스로 들어오는 수밖에 없었지. 한 번 나갔다 온 적이 있는데도 그녀의 눈이 불안으로 가득 차 있었어. 나는 짐짓 씩씩한 태도로 다가가 꼭 안아 주었지. 걱정하지 말라고, 금방 다녀올 테니 몸이나 잘 추스르고 기다리라고. 그녀도 나를 격려하기 위해서인 듯 웃음은 띠었지만 서글픈 눈빛만은 가리지 못했지. 버스를 타러 집 앞으로 난 긴 바닷가 길을 걸어서 멀어질 때까지 그녀는 문 앞에 그대로 서 있었어. 그것이 마지막 모습이었지.

그렇게 헤어질 줄 알았다면 읍내에 나가지 않았을 거야. 그녀와 함께 어디로든 다른 곳으로 떠났을 거야. 그래야 했어. 우리가 떨어진다는 건 있을 수 없는 일이어야 했어. 지옥까지도 같이 갔어야 했어. 지금 나는 벌을 받고 있어. 나만 홀로 연옥에 남겨진 셈이야. 그녀가 없는 지금 까지 내 생은 살아 있어도 늘 한구석이 텅 빈 유령의 삶 이었어. 희연아. 그녀가 연옥을 거쳐 어디로 떠났는지, 아 니면 이 생 어딘가에서 숨을 쉬고 있는지, 그녀가 내 곁에 없는 건 마찬가지야. 살아 있다면, 그렇다면, 그녀는 나처 럼 힘들지 않았으면 좋겠어. 남은 생이라도 충만하게 누 리기를 기원해. 이해할 수 있겠니, 희연아.

20

읍내 시장에 들러 통조림과 미역에다 다른 곳에서는 구하기 힘든 말린 우럭과 박대까지 챙겼다. 양품점에 쭈 뼛거리며 들어가 여성들에게 필요한 물건을 산 뒤 서둘러 버스 시간에 맞춰 정류장으로 향했다. 노파가 말한 버스 시각은 맞지 않았다. 바람 부는 정류장에서 두 시간 넘게 앉아 있다가 겨우 버스에 올랐다. 하원이 초조하게 기다 리고 있을 생각에 내 마음은 졸아든 형국이었다.

정작 머리가 얼음 창고에 들어선 것처럼 갑자기 얼어 붙어 버린 것은 버스가 출발하려고 엔진 소리를 높일 때 총을 들고 제복을 입은 경찰이 올라와 거수경례를 한 뒤

앞쪽 자리에서부터 검문을 시작하면서부터였다. 이곳 주민들은 해안 지대의 특성상 자주 있는 일이라 심상하게 대하던데 나는 쿵쾅거리는 가슴을 주체하기 힘들었다.

내 차례가 왔을 때, 평소 휴대하고 다니던 가짜 주민증조차 숙소에 두고 왔다는 사실이 그제야 떠올랐다. 내가 신분증을 제시하지 못하고 우물거리자 그들은 나를 버스에서 데리고 내렸어. 버스에서 내리자마자 양쪽에서 두 명이 겨드랑이를 강하게 붙잡고 뚜벅뚜벅 걸어가더라. 읍내 중심가에 위치한 경찰서로 데리고 간 뒤 한참 동안 앉아 있게 하더니, 늙은 형사가 나타나 내 앞머리칼을 휘어잡고 고개를 뒤로 젖히더니 물었다.

"용케도 우리 지역에 숨어서 버텼구먼. 순순히 대. 동행이 있지?"

"대체 왜 이러시는 겁니까? 신분증을 잃어버린 것뿐인데 뭔가 오해하신 것 같습니다."

내가 불안한 목소리로 항의하자 늙은 형사는 수배자 사진이 실린 전단지를 코앞으로 들이밀며 목소리를 높였다.

"누구 눈을 속이려고. 내가 이 시골 구석에서 썩는다고 촉까지 무뎌진 건 아녀. 내 눈을 피해 간 놈들은 없었어. 걸리면 국물도 없었지. 여기, 이 얼굴 너 맞지, 아녀? 다 알아봤어. 보통 큰놈이 아니더만. 나에게 걸리길 잘한 줄 알어. 점잖게 대할 때 동행이 어디 있는지만 얌전히 불어."

"정말 친구 집에 놀러 왔을 뿐이라니까요. 믿어 주세요."

"그려? 그럼 같이 가 보면 되겠네."

늙은 형사는 경찰차 조수석에 나를 욱여넣듯이 밀어 태우고 행선지를 물었다. 하원이 있는 곳과는 반대 방향을 손가락으로 가리켰지. 형사가 북쪽으로 난 구불구불한 해안 도로를 천천히 달리다가 읍내를 한참 벗어나자 차를 세웠다.

"이놈 봐라. 아들놈 또래라고 봐줄라고 혔더니 시방 나를 농락허는 거여?"

형사는 운전석에서 내려 조수석 쪽으로 돌아와 문을 연 뒤 다짜고짜 나를 바깥으로 끌어내렸다. 땅바닥에 패대기쳐진 나를 일으켜 세우더니 뺨을 양쪽으로 갈기기 시작했다. 내가 묵묵부답인 채로 따귀를 맞자 형사는 하는 수 없다는 듯이 상부에 보고했다. 동행이 있는데 잡지 못했다면 자신이 질책을 당할까 봐 서둘러 대비하는 듯했다.

"아무래도 혼자 잠수 중인 것 같은디 위로 데려가서 지대로 취조허시는 게 좋을 것 같네요."

그때까지만 해도 위라는 게 어디를 말하는지 나는 알지 못했다.

21

승합차가 한강대교를 건너 용산 쪽으로 접어들더니 남영동 숙대 입구 못미쳐서 좌회전을 한 뒤 골목으로 들어가 육중한 철제 슬라이딩 출입문 앞에 섰다. 운전자가 입구 경비실 쪽과 잠시 통화를 하고 나니 철제문이 그르르릉 소리를 내며 서서히 옆으로 밀려나면서 열렸다. 승합차가 정문을 통과해 검정색 벽돌로 외관이 매끈하게 마무리된 건물 앞에 섰다.

양손이 포박된 채 차에서 거칠게 끌어내지는 바람에 기우뚱거리며 넘어질 듯 땅바닥에 내려섰다. 승합차는 정문을 통과해 건물 모퉁이 주차장에 섰다. 처음 체포됐을 때처럼 수사관들이 양쪽에서 내 겨드랑이를 끼고 건물 뒤쪽으로 끌고 갔다. 건물 뒤에는 돌계단 세 개쯤 위에 좁은 문이 나 있었다. 그 문에 들어서면서 내 눈은 검은 천으로 가려졌다. 그들은 나를 계단으로 이끌었는데 그 계단은 일직선으로 오르는 평범한 형태가 아니었다. 한 계단 오를 때마다 텅텅 소리가 크게 울리는 강철로 된 받침이었고, 중간에 계단참 없이 빙글빙글 돌아서 올라가는 나선형이었다. 열 계단도 오르지 않아 어지럼증이 일어났다. 술래가 되어 눈을 감고 코를 잡은 뒤 제자리에서 빙글

빙글 돌다가 숨은 아이들을 찾으러 다니던 놀이가 생각났다. 코를 잡고 돌고 난 뒤의 혼미하고 어지러운 감각이 나를 덮쳐 왔다. 올라갈수록 어지럽고 몇 층쯤인지 짐작도 할 수 없었다. 발소리들이 높은 천장으로 올라가 부딪쳤다 내려와 기괴한 소음을 만들어 냈다. 헉헉거리며 발걸음이 느려지자 뒤통수를 갈기며 뒤에서 낄낄거렸다. 그 소리는 낭하에 길게 울려 퍼졌다.

"이런 허약한 새끼가 뭘 하겠다고? 사회주의 혁명? 에라 이 새끼야, 빨랑 못 올라가?"

어둠 속 나선형 계단을 오르는 어지럼증과 숨가쁨과는 다른 종류의 두려움이 덮쳤다. 이들이 지금 그리고 있는 그림의 윤곽이 선명해졌다. 달팽이관을 돌 듯 한참을 어질어질 올라갔을 때 그들은 나를 다시 문 밖으로 밀어냈다.

복도를 걸어가다 방에 들어섰다. 나중에 확인한 바로 그 복도에는 문이 서로 엇갈리게 마주보는 방들 열일곱 개가 있었다. 각각의 문들이 서로 엇갈리게 배치된 것은 반대편 문이 동시에 열렸을 때 내부가 보이지 않도록 처음부터 정교하게 설계했기 때문이었다. 방에 들어서자 눈을 가린 검은 천을 풀어 주었다. 폭이 한 뼘 정도인 좁은 창문에서 희미한 빛이 흘러 들어왔다. 보통 창문은 환기나 유사시 탈출 등의 기능이 기본이지만, 이곳 창문은 그런 목적과는 처음부터 담을 쌓은 듯했다. 폭이 좁고 세로로 긴 창은 바깥에서 내부를 볼 수 없고, 내부에서 일어나는 일도 바깥으로 드러나지 않을 것을 대비한 설계였다. 벽을 막은 타공 판은 저주파는 흡수하되 고음의 비명 소리는 옆방으로 효율적으로 전파하는 기능까지 발휘해 취조실의 공포를 극대화하는 기능을 수행했다. 좁은 창 아래 세면대와 욕조가 보였다. 1인용 침대 위에는 빛바랜 녹색 담요와 병원에서 쓰는 것과 비슷한 파란 시트가 놓여 있었다. 방음벽에 둘러싸인 좁은 방에서 희미한 빛을 바라보며 하원을 생각했다.

연행된 후 그들이 나에게 가장 먼저 시킨 일은 태어날 때부터 잡힐 때까지의 전 과정을 쓰게 하는 일이었다. 쓰는 일이야 백번 양보해서 그렇게 한다 치더라도 이 단계에서 가장 고통스러운 것은 잠을 재우지 않는 것이었다. 이들은 몽롱한 정신 상태에서 진술서를 쓰게 할 양으로 장시간 잠을 자지 못하도록 교대로 괴롭혔다. 침대를 보는 행위만으로도 고문이었다. 이 상태를 악용해 허위 진술을 하게 만드는 것이 그들의 목적이라는 사실은 누가 보아도 명백했다.

전투복 차림의 경관 두세 명을 교대로 배치해 욕설과 협박을 해 대고 수시로 머리를 쥐어박으며 잠을 방해했다. 졸지도 못하게 했고 반복적으로 진술서를 쓰도록 강요했다. 그들이 집중적으로 집요하게 나에게 자백하고 쓰도록 강요한 것은 그녀의 행방이었다. 하원은 언제 처음 어떻게 만났으며, 언제 어디서 마지막으로 헤어졌는지 묻고 또 물었고 잠시 조는 것도 허용하지 않았다. 깜박깜박하는 순간에 볼펜이 손에서 미끄러져 나갔고, 차라리 긴 악몽이라면 좋겠다는 생각을 했다. 허무하게 무너져 내릴 수는 없었다. 조직과 운동도 중요하지만, 무엇보다도 하원에게 이 고통을 반복하도록 만드는 단초를 내가 제공한다는 것은 있을 수 없는 일이었다.

같은 방식으로는 도저히 답이 나올 것 같지 않다고 판단했는지 그들은 구타를 시작했다. 처음에는 몽둥이나 쇠파이프로 전신을 무차별적으로 때렸다. 그들 중 한 사람은 박달나무 몽둥이를 가지고 다녔다. 그것으로 손바닥 발바닥 허벅지를 난타했다. 맞은 부위가 빨갛게 부어오르면서 극심한 통증이 몰려왔다. 기계적으로 똑같은 동작을 반복하던 그는 원하는 진술이 나오지 않자 느닷없이 살쾡이처럼 달려들어 뺨을 갈겨 댔다.

이전에 그곳을 다녀온 선배들은 관절 꺾기와 통닭구이까지 당했다고 했지만, 나는 그 단계를 건너뛰어 물고문으로 바로 직행했다. 후일 박종철 군이 겪다가 사망한 악

랄한 그 고문이었다. 그날 저녁 그들은 저녁밥을 주지 않았다. 고문을 받다가 음식물이 식도로 역류하거나 쇼크사하는 것을 방지하기 위한 조치였다. 욕조에 물을 받으면서 그들이 말했다. 물이 다 찰 때까지 잘 생각해 보라고. 일단 물을 먹기 시작하면 지하실까지 갈 수밖에 없다고. 그곳에 가면 간첩과 동일하게 대우해 준다고. 초저녁에 물고문이 시작됐다.

"강하원이 어디 있냐?"

그들은 계속 물었고 나는 모른다고 답했다. 그들이 원하는 답이 안 나오니까 저희들끼리 욕을 섞어 푸념하면서 칠성판에 올라가 누우라고 했다. 처음에는 그 나무판이 뭔지 몰랐다. 시신을 묶기 위해 관 바닥에 까는 판자고 구멍이 일곱 개 뚫려 있어 칠성판이라고 부른다는 건 나중에 알았다. 그 위에 올라가 본능적으로 엎드렸는데 사내 하나가 버럭 소리를 질렀다.

"돌아누워!"

돌아눕자마자 그들은 발목, 무릎, 허벅지, 배, 가슴 위를 묶더니 무거운 사내 하나가 내 위에 올라와서는 수건으로 얼굴을 가렸다. 갑자기 물이 쏟아지기 시작했다. 그때는 아무 생각도 나지 않았다. 수건이 물에 젖으면서 얼굴에 달라붙으니까 숨이 탁 막히는 것이 금방 죽을 것만

같았다. 젖은 채로 몸부림을 치자 온몸이 떨렸다. 한 사내가 웃으면서 내 등을 찰싹 소리 나게 치면서 말했다.

"이건 시작일 뿐이야. 그 여자에 대해 입을 다물면 여기서 살아나갈 생각은 포기해야 할걸. 제발 우리를 위해서라도 그만 포기해라, 응?"

모든 생각이 정지돼 버린 듯 암흑과 통증만이 나를 지배했다. 그만 이승의 모든 고통에서 해방되고 싶은 생각이 간절했다. 하원은 차라리 내가 잊는 게 더 적절했다. 그녀를 완전히 머릿속에서 지워, 무의식에서까지 배제해야 나의 부실하고 어리석은 육신이 만에 하나 헛소리를 하지 않을 수 있을 터였다. 신음을 억지로 참으면서 끝내 침묵을 지키자 그들은 칠성판의 발 쪽을 들어서 그대로 욕탕에 밀어 넣었다. 입과 코로 물이 밀려 들어오자 물을 마시지 않기 위해 발버둥을 칠 수밖에 없었다. 그들은 항복할 의사가 있으면 발가락을 움직이라고 했다. 끝내 거부하자 그들은 내 입을 벌려서 주전자로 물을 붓기 시작했고, 까무러쳤다.

"야 이 새꺄. 거짓말이라도 한번 지어내 봐. 그년이 뭐가 그리 대단하다고 이렇게 버텨?"

고문자 중 한 사내가 안쓰럽다는 투로 충고했다. 바닷가 집에서 홀로 기다리고 있을 하원의 얼굴이 희미하게 어른거렸다. 이내 생각은 바뀌어 지금쯤 그 집을 떠나 어디론가 피신했으리라는 생각이 들기도 했다. 적어도 잡혀온 지 일주일 이상은 지난 듯한 느낌이었는데, 그 시간쯤이면 하원은 그 집에서 벗어나 충분히 안전지대로 대피했을 것이라는 확신도 들었다. 이제 그곳에 대해 털어놓고 이 모진 고문은 피할 수도 있는 것 아닌가. 이런 유혹도 잠시, 그곳에서부터 다시 하원이 간 곳에 대한 실마리가 잡힐지도 모른다는 불안감이 엄습했다. 영영 깨어나지 못하는 한이 있더라도, 하원만은 이 지옥에 끌려와 같은 고통을 반복하는 일을 막아야 했다. 그들에게 내 몸을 완전히 내주기로 작심했다. 부디 영혼까지 털리지 않기를 간절히 나의 신에게 기구하면서.

22

희연이 하원의 종적을 찾는 일에 적극적인 태도를 보인 건 월포에 다녀온 뒤부터였다. 달의 항구, 그 기억의 성소에 갈 때만 해도 막연한 궁금증 차원이었을 것이다. 자신의 뿌리에 대한 궁금증은 이제 본격적인 굴착 작업으로 전환된 셈이다. 정작 우리들은 오래전에 손에서 놓아 버린 의문사위조사보고서를 다시 챙겨 꼼꼼히 분석한 것도 희연이었다. 그 아이는, 아이라고 부르는 건 말이 안 되지만 자꾸 그렇게 호칭이 터져 나온다. 30대 후반에 들어선 여자를 두고 아이라니. 아직 아무것도 확신할 수 없지만 막연하게나마 하원이 그녀의 모친이라고 생각하는 분위기가 나도 모르게 그런 생각을 하게 만드는 걸까. 주변 사람들이 공통으로 희연이 하원을 거울 속의 인물처럼 닮았다는 말을 하는 바람에 희연도 마음이 움직이기는 했을 법하지만, 그녀 나름의 기대도 섞여 있을 터였다. 의문사위가 진상 규명이 불가능하다고 결론 내린 하원의 실종 사건을 희연과 함께 처음부터 다시 검토해 보기로 했다.

23

경찰의 사찰 여부

진정인은 강하원이 실종될 때까지 주거지로 기관원이 찾아와 강하원의 동향에 대해 탐문하였다고 진술하였다. 이에 따라 조사팀은 다시 경찰서 정보과와 보안과 소속 경찰관에 대하여 인적 사항 등을 확인한 후, 당시 대공과 형사 등 관련 경찰관 24명에 대하여 소환 조사하였다. 이들은 강하원을 직접 만난 사실이 없다고 진술하였고, 대공과나 다른 기관에서 강하원을 관찰하거나 내사를 했는지에 대해서도 역시 확인하지 못하였다. 강하원이 중점 관리 대상자로 주거지 등지에서 동향 관찰을 받았을 것이라고 추정이 되나, 관련 기록 등이 모두 폐기되어 강하원에 대한 동향 관찰 내용에 대하여는 구체적으로 확인할 수 없었다.

24

하원을 춘양에서 남영동으로 압송하는 데 동원됐던 왕년의 형사를 찾는 건 쉽지 않은 일이었다. 노파의 말을 듣고 경찰 동우회 명단을 바탕으로 그 당시 대공 파트에 근무했던 이들을 중심으로 춘양에 출장 갔던 인물을 수소문했다. 그 경찰에게 혜택을 입은 적이 있는데 제대로 감사 표시를 못해 세월이 흘렀어도 한번 찾아뵈려 한다고 말했더니, 동우회 사람들은 애매한 미소를 짓다가 회원 명부를 뒤적여 연락처를 알려 주었다. 그렇게 찾아간 이들은 열댓 명에 이른다. 그들 중 하나가 갓 애를 낳은 젊은 여자를 인계받으러 지방에 내려갔다가 낭패를 보았다고 옛일을 떠올렸다.

은퇴한 지 10년이 넘었다는 그는 심한 당뇨 합병증으

로 한쪽 눈이 실명 상태였다. 남은 한쪽 눈마저 점차 시력을 잃어 가고 있다는 게 그의 소재를 알려 준 이의 귀띔이었다. 그는 희연을 보고도 월포의 노파처럼 놀라지는 않았다. 힘겹게 얻은 경찰공무원 직에서 자신을 날려 버릴 뻔했던 여자의 현현임에도 별 감흥이 없었던 것은 그가 실명에 가까운 상태 때문이었을 것이다. 그래서 그는 우리가 예전에 큰 신세를 진 적이 있어서 고마운 인사를 늦게나마 드리러 왔다고 서두에 말하자 경계심 없이 쉽게 말을 꺼냈다. 그에게 경찰 생활 중 보람도 많았겠지만 지금도 안타까운 회한은 없는가 슬쩍 물었을 때, 그는 잠시 짬을 두더니 대과 없이 은퇴해서 다행이라고 말했다.

"물론 죄 지은 사람들을 상대하다 보니 다소 격하게 반응도 했을 테지만, 그게 우리 직업의 속성 때문이지 어쩔 수 없는 거 아니겠소? 그런 경우는 돌아보면 아주 많지. 예전에 갓 애를 낳은 젊은 여자를 잡으러 갔는데 온정을 베풀다가 내가 된통 당할 뻔한 일도 있었어. 그러니까 쉽게 마음을 놓아서는 안 되는 게 그 직업이여."

비교적 침착하게 마음을 추스르던 희연이 끝내 고개를 숙이고 어깨를 들썩이기 시작했다. 눈먼 늙은 사내가 말하기를 중단하고 멈칫 뒤로 물러서자 희연은 앞으로 다가가 그의 어깨를 양손으로 붙들고 흔들며 소리쳤다.

"온정이라뇨! 핏덩어리 아이는 그 길로 내내 엄마 얼굴 한번 못 보고 이날까지 살았을지도 모를 텐데, 어미와 생이별을 시키기고 온정이라는 말이 나오나요?"

황급히 희연을 진정시킨 것은 거의 다 성사된 진술을 막아 버릴 게 두려워서였다. 희연도 상황을 알고 있었던 터라 숨을 고르다가 뒤로 물러섰다. 늙은 사내는 이 사태가 어떤 의미를 지니는지 잠시 생각하는 듯하더니 우리를 번갈아 바라보며 목소리를 높였다.

"당신들, 뭐하는 사람들이요? 나를 찾아온 진짜 목적이 뭐야? 핏덩어리를 내가 어미에게서 찢어 놓았다구? 나는 그저 위에서 시키는 대로 했을 뿐이고, 그 여자 때문에 나야말로 낭패를 당했다는 말을 하지 않았어? 다들 가!"

사내는 마루에 앉아 있다가 휭하니 일어나 방문을 세차게 닫고 들어가 버렸다. 희연과 나는 하릴없이 그 자리에 앉아 사내가 다시 나오기를 기다리는 수밖에 없었다. 희연은 방문을 향해 하소연하듯 말했다.

"선생님, 미리 말씀 드리지 못한 건 죄송합니다. 저희가 선생님을 탓하기 위해 찾아온 게 아니라, 태어나자마자 생이별한 아이 엄마의 흔적이라도 찾을 수 있으면 해서 온 겁니다. 선생님은 선생님의 일을 하셨지만, 그 여성도 그분의 일을 하다가 흔적도 없이 실종되셨어요. 선생님은 그때 일을 조금만 더 자세히 들려주시기기만 하면 돼요. 선생님 잘못이 아니라는 건, 저도 압니다. 한 번만 다시 도와주세요."

희연의 말끝이 다시 울음 속으로 스며들고 있었다.

25

그 시절 그 여자 때문에 곤욕을 치른 걸 생각하면 답답해. 나도 피해자인 셈이야. 나는 그 당시 대공 파트에 배속돼 근무하고 있었어. 지방에서 근무하다 올라온 지 1년도 채 안 된 시점이었지. 내 동료나 상사 들은 무슨 백이 있어서 서울로 올라왔으며, 그것도 근무 환경이 상대적으로 편할 뿐 아니라 승진도 용이한 대공 파트로 배치됐는지 수군거렸어. 어느 날 야근을 마치고 심야에 퇴근해 잠을 자고 있는데 새벽에, 아마도 서너 시쯤 됐을 시각이었을 텐데, 아내가 나를 깨우는 거야. 상부에서 급히 당신을 찾는 전화가 왔다고. 서둘러 확인해 보니 빨리 남영동으로 가서 지시를 받으라는 거야. 동료 한 명과 조를 이루어 난생처음 들어 보는 춘양이라는 곳으로 아침도 거른 채 출발했어.

동네 산파가 낯선 여자, 그것도 서울에서 내려온 여자 해산을 뒷바라지했다고 좁은 지역에 소문이 돌았다던가. 지서에서도 수배자들 사진을 대조하다가 그 여자를 확인하게 된 모양이야. 시골 지서에서 화들짝 놀라 긴급히 본청에 보고했던 거지.

　　우리가 춘양 지서에 도착했을 때 파리한 낯빛의 수척한 여자가 초조하게 얼굴을 들어 두려운 눈빛으로 날 쳐다보더구먼. 나이는 20대 후반쯤? 보기에 따라서는 30대 초반이라고 여길 수도 있을 거야. 화장을 전혀 안 하고 헝클어진 머리도 그대로였으니까. 그 여자는 아이를 낳은 지 일주일도 채 안 됐다고 했어. 아이에게 젖을 먹여야 된다고 울먹이면서 하소연을 하더군. 아이 얼굴이라도 보고 가게 해 달라고 간청하던 목소리가 지금도 귀에 쟁쟁하네. 우리는 본청에서 득달같이 전화가 오고 다그치는 바람에 마음이 급했고, 정확히 이 여성이 무슨 일로 수배됐는지는 몰라도 중요한 인물이라는 사실은 본능적으로 직감하고 있었어. 아무리 그렇더라도 이 여자의 처지가 딱해 보여서 잠시만 말미를 주자고 같이 내려온 동료에게 말했더니, 정신 차리라는 따끔한 충고만 돌아오더구먼. 이 여자를 잡기 위해 그동안 얼마나 많은 인력이 투입됐는지 아느냐고. 조금이라도 여지를 주었다가 놓치면 당신이나 나나 옷을 벗어야 한다고.

일이 꼬일 때는 우연이 겹치기도 하는 모양이야. 하필 우리가 몰고 내려갔던 승용차가 마음이 급해서 그랬는지 춘양 입구에서 산판 트럭과 접촉하는 바람에 운전석 쪽 백미러가 망가져 버렸어. 춘양이 예로부터 춘양목으로 유명한 곳이라서 그때도 여전히 목재를 실어 나르는 트럭들이 자주 오갔어. 외지에서 온 사람들은 조심하지 않으면 접촉 사고는 피할 수 없는 일이더군. 백미러 없이 운전하는 건 눈을 반쯤 감고 운전하는 행위나 마찬가지지. 그걸 수리하거나 새로 교체하려면 영주까지 나가야 가능하다고 하더라고. 상부에 연락했더니 불호령이 떨어지는 거야. 지금이 어떤 때인데 미적거리느냐고. 춘양 지서에서 차를 빌릴 수도 있었지만, 번거롭기도 하고 열차가 더 빠르고 안전하다 싶었지. 우리는 춘양 지서에서 급히 마련해 준 열차표를 받아 곧이어 출발하는 무궁화호에 올랐어. 춘양역에서 영동선을 타고 가다 영주역에서 내려 청량리행 중앙선 열차로 환승하는 경로였지.

우리는 여자 손에 수갑을 채우고 재킷으로 가려 주었어. 기차를 타러 가는데 남편과 시어머니인 듯한 모자가 쫓아와 하소연을 하더구먼. 도대체 이 아이가 무슨 죄를 지었냐고, 설사 아무리 큰 죄를 지었더라도 아이를 낳은 지 얼마 안 되는 어미를 핏덩이만 남겨 놓은 채 데려가는 법이 어디 있냐고 매달렸어. 춘양 지서 사람들이 그들을 떼어 놓느라 고생했지. 좁은 지역에서 서로 다 아는 처지에 시골 경찰들이 난감했을 거야.

사달은 영주역에서 청량리행 열차를 기다리다가 일어났지. 여자가 열차를 기다리는데 화장실에 가고 싶다는 거야. 그거야 막을 수 없는 생리 현상이니 어쩔 수 없이 여자 화장실 앞까지 데리고 가서 잠시 수갑을 풀어 주고 들여보낸 뒤, 밖에서 기다리는 수밖에 없는 노릇이었지. 지금처럼 여경이 늘어난 환경이라면 우리 중 한 명은 여경을 보냈을 수도 있지만, 그때 우리 조는 둘 다 남자였어. 후배인 내가 여자 화장실 앞까지 따라가 기다리는 임무를 맡아야 했지. 열차가 출발할 시각은 다가오는데 이여자가 나올 생각을 안 하는 거야. 여자 화장실에 들어가서 일일이 문을 열고 확인해 볼 수도 없고 환장하겠더구면. 우리가 오지 않자 기다리던 동료가 화장실 앞으로 달려왔어. 서로 눈빛을 주고받던 우리는 거두절미하고 여자 화장실 안으로 뛰어 들어갔지. 앞뒤 가리지 않고 칸칸마다 문을 두드리고 열어젖혔어. 여자들 비명 소리가 터져 나왔지만 그런 걸 신경 쓸 여유가 없었지. 그 여자는 안에 없었어. 막막했던 그때 심정은 지금 돌이켜봐도 끔찍하네.

그 여자가 화장실에 들어가고 난 뒤 조금 있다가 우리가 춘양에서 타고 왔던 김천행 열차가 출발했지. 그 열차가 영주역에서 정차하는 시간이 조금 길었던 거 같아. 지금 생각하면 그 여자가 아마도 그 열차에 다시 올라타지 않았을까 싶네. 우리가 갈아탈 열차는 북행하는 청량리행이라서 그 열차보다 조금 뒤에 도착할 예정이었어. 나중에 확인해 보니 영주역 여자 화장실은 드나드는 문이 반대쪽으로 또 하나 있었거든. 그 여자도 처음부터 그곳에서 탈출할 계획을 세웠던 건 아니었을 거야. 들어가고 보니 또 하나의 문이 보여서 무작정 나갔을 테고, 막 출발하는 기차에 뛰어올랐을 가능성이 커. 어쨌든 나로서는 치명적인 실수를 한 거지. 잘리지 않은 것만도 다행이었는지 몰라.

결과적으로 그 여자에겐 미안한 일이지만, 당시에 나는 그 잘못을 만회하기 위해 치열하게 노력해야만 했어. 그 여자에 대해 윗선에서 진행되는 수사가 뭔지 알음알음 귀동냥해 보니, 그 여자를 포함한 일당이 전국적인 노동야학 조직을 꾸려 사회주의 혁명 전사를 길러 내려 했다더군. 그 여자는 그 조직의 핵심 일꾼이었다고 들었어. 그런 인물을 다 잡았다가 놓쳤으니 위에서 얼마나 화가 났을지 충분히 짐작할 만하지. 그 여자만 잡으면 전체적인 그림이 거의 완성되는데 다 그린 형상에 눈이 빠진 형국이었던 거지.

그 여자와 함께 잠수를 탔던 게 분명한 녀석이 잡혔던 건 이 수사가 시작되던 무렵이었어. 녀석은 엉뚱하게도 서해 쪽 소읍에서 그쪽 지역 불심검문으로 체포됐는데, 여자에 대해서는 끝내 함구했다고 하더구먼. 녀석이 녹화 사업으로 군에 끌려갔다는 걸 알았고, 그쪽 지역 인맥을 동원해 녀석을 만날 수 있었지. 물론 윗선에는 보고하지 않고 독자적으로 휴가를 내서 움직인 거였어. 처음 면회 했을 때 녀석은 강한 경계심을 보이더군. 내 쪽에서 던져 주는 것도 있어야 얻는 게 있을 성싶어 넌지시 그 여자가 잡히지 않았다는 사실을 알려 주었어. 녀석의 반응을 보고 싶었던 거지. 녀석의 얼굴은 복잡한 표정이었지만 살짝 희망이 스쳐 가는 듯한, 깊은 어둠 속에서 슬쩍 빛이라도 본 느낌이었어. 물론 착각일 수도 있지만 분명 나는 그렇게 느꼈어. 녀석이 어리석게도 감추지 못한 그 희망의 빛은 역설적으로 그 여자를 잡게 만든 실마리였어.

내가 직접 한 건 아니지만, 남영동에 들어가면 겪는 고문 과정은 많이 들어 보았고 때론 직접 참관하기도 해서 잘 알아. 수법은 다양해. 잠 안 재우기, 구타, 볼펜 고문,

관절 뽑기, 통닭구이, 물고문, 전기 고문, 협박, 밥 굶기기, 심리 고문…… 녀석은 군에 끌려가기 전에 이미 몇 가지는 겪어 본 경험자여서 다시 시작될 고문은 더 공포스럽고 끔찍했을 거야.

녀석은 결정적으로 심리 고문에서 무너진 셈이야. 본인은 자신이 그 여자를 다시 체포하게 만드는 데 결정적인 기여를 했다고는 지금도 생각하지 못할 거야. 녀석이 체포될 당시에는 함께 도망쳤던 여자의 안위 때문에 지독한 고문을 견딜 동기가 부여됐겠지만, 이미 열 달 넘게 흐른 상황이니 그 여자도 충분히 피신했을 거라고 안심했던 게지. 녀석이 그 당시 그 여자와 잠수 타면서 지냈던 바닷가 그 집의 존재에 대해 말했을 때, 솔직히 나도 그 진술이 결정적인 도움이 될지 그때는 몰랐어. 그곳을 다시 탐색한 건 순전히 뛰어난 내 촉 덕분이었지. 우선 그 동네 지서에 연락망을 통해 탐문을 요청했어. 그 지역에서 사진 속 여자가 보이는지 관찰을 잘 해 보라고. 나에게 하서 지서에서 연락이 온 건 행운이었지만, 그 여자에게는 위기를 알리는 호루라기 소리 같은 것이었어. 나는 상급자에게 서둘러 보고했고, 긴급히 팀을 짜서 긴밀하게 움직였지. 나머지는 당신이 알고 있는 것과 같아. 내 임무는 그 여자를 남영동까지 압송해 온 것이 전부야. 내가 저지른 업무상 실수를 겨우 만회했던 셈이지. 대공 파트에서 소속이 강력과로 바뀐 건 좌천이라고 볼 수도 있지만, 그나마 내가 잘리지 않은 건 다행히 그 여자를 다시 체포했기 때문이야. 그 후로 그 여자를 본 적은 없어.

26

최상국을 여러 번 찾아가 읍소하자, 그가 우리가 들고 간 막걸리를 마시며 결국 털어놓은 이야기는 하원의 종적에 대한 구체적이고 중요한 진술이었다. 최상국의 이야기를 듣는 내내 희연의 속눈썹은 가늘게 떨렸고, 자주 젖어들었다. 희연 못지않게 흔들린 사람은 나였다. 내가 하원이 잡히게 만든 단초를 제공했다니, 결국 내가 밀고자였던 셈이라니, 사내의 말은 난데없이 뒤통수를 내려치는 쇠망치였다. 그 어두운 밀실에서 생살이 찢어지는 고통을 참은 대가가 고작 이런 것이었다니. 최상국을 만나고 나와 대로를 걷다가 휘청거리며 보도에 주저앉은 나를 보고 희연이 놀라서 다가와 어깨를 부축했다.

"그 사람, 많이 원통하겠어요. 그렇게 힘들게 버텼는데, 아무런 도움도 주지 못한 셈이니까. 그렇지만 어쩌겠어요. 그 사람 잘못은 아닌데…… 갓 아이를 낳은 젊은 여자를 가혹하게 잡아간 그들이 근본적인 문제인 걸요."

희연도 알았을 것이다. 보도에 주저앉아 초점 없는 눈으로 대로에 흘러가는 자동차 물결을 망연히 바라보는 초로의 그 사람이 누구인지.

"살다 보면 어떻게 피하든 결국 맞닥뜨리게 되는 운명이란 게 있기는 있는 모양이오. 그녀와 나는 생애 내내 고통을 받아야 하는 운명으로 태어난 게 아닌가 싶소."

"그럴까요. 그렇게 결정 지어진 운명이라는 게 있는 걸까요. 그렇다면, 아무리 노력해도 피할 수 없는 게 있다면, 순순히 받아들이고 마음의 평화라도 얻는 게 더 현명하지 않을까요. 운명이라는 함정에 빠진 그분에게 이제 평화를 찾을 때도 됐다고 전해 주고 싶네요."

언제까지 길거리에 앉아 있을 수는 없는 일이어서 가로등 기둥을 붙잡고 힘들게 일어나 택시를 잡았다. 희연과 함께 올라간 곳은 도심의 산 중턱에 자리 잡은 카페였다. 가끔 마음을 가누기 힘들 때 들르곤 하던 커피 향이 좋은 곳이다. 그곳 주인은 20여 년 넘게 그곳을 유지해 온 커피의 장인이다. 통유리창 너머로 석양에 물든 하늘이 붉었다. 불붙은 솜 덩어리가 듬성듬성 떠 있는 하늘에 초저녁별이 낮게 떠올라 존재를 드러냈다.

녹화 사업에서 돌아와 사회에 복귀했을 때, 주변에 남아 있던 인연들은 모두 황폐해진 상태였다. 캠퍼스의 유령처럼 홀로 말없이 강의실을 오가다 졸업할 무렵 대기업 입사 지원 서류들이 학과 사무실에 돌아다녔다. 그중 한 곳에 지원서를 냈고, 이후 존재감 없는 희미한 샐러리맨으로 살아왔다. 사회에 나와서 산 삶도 캠퍼스의 유령 같은 존재와 그리 다르지 않았다. 무리 중에서 튀지 않는, 눈에 띄지 않는 그런 존재였다. 있는 듯 없는 듯한 존재의 형식은 적을 만들지 않고 그나마 오래 한 직장에 머물 수 있게 만드는 긍정적인 효과를 발휘했다. 희미한 삶의 태도란 굳이 따지자면 그 정도의 장점 빼고는 다른 도움은 전혀 주지 못하는 형식이었다.

세월이 흐를수록 하원은 가슴속에 깊이 뿌리내린 내 몸의 일부와 같은 존재로 육화됐다. 일상에서는 잊혀져 갔지만 눈을 감으면 불현듯 떠오르는, 술을 마시면 안개 속에서 수면 위로 떠오르는 연꽃 같은 존재로, 때로는 명치 끝을 아프게 누르는 육신의 멍울 같은 존재로 오래 남았다.

살면서 하원을 닮은 여자를 만난 적이 있다. 그 여자를 찾아 먼 곳까지 한달음에 달려갔다. 그날 그 여자는 깊은 저녁 지친 모습으로 당도한 나를 받아들였다. 이튿날 다시 출근하기 위해 달빛이 휘황한 고개를 넘어 귀경하던 날 새벽 풍경을 잊지 못한다. 달빛은 낮게 엎드려 흘러가는 산맥의 등허리에 골고루 은가루를 뿌려 놓았다. 그 풍경을 내려다보며 길게 누운 산맥을 넘어 내려올 때 내 가슴은 환희로 가득 차 있었다.

그녀가 거주하는 공간으로 주말은 물론 주중에도 달려가곤 했다. 그녀는 언제 사라졌을까. 어느새 내 옆에는 아무도 없었다. 하원을 닮은 여자들은 이 별에서 늘 사라지는 운명인가. 하원을 연상케 하는 그 여자는 적어도 하원의 가슴까지 복사한 건 아니었다. 영혼은 다른 빛깔이었다. 언젠가 그리움이 북받쳐서 산맥을 넘어 주중에 불쑥 찾아갔을 때, 그녀의 방에서 남자의 굵은 목소리가 우렁우렁 새어 나왔고, 높은 웃음소리도 산발적으로 흘러나왔다. 그녀의 집에서 가까운 포구의 술집에서 잔을 기울이다 다시 그녀의 방을 찾아갔지만, 불은 꺼져 있고 거친 숨소리만 문틈으로 새어 나왔다.

27

학과 사무실에 돌아다니는 입사 지원 서류를 챙겨 내

가 처음 들어간 회사는 바다에서 컨테이너를 나르는 해운 회사였다. 대형 컨테이너선 수십 척이 매일 태평양이나 인도양 위에 떠 있었다. 뭍의 사람들은 그 바다 위 선장실과 소통하기도 하고, 다음 항구에 도착해서 하역해야 할 품목들을 사전에 해당 국가의 하역 작업 담당자에게 정확하게 전달하는 일도 실무 부서가 맡은 일이었다. 이런 업무 특성상 내가 다니던 회사에는 밤과 낮이 따로 없었다. 늘 깨어 있어야 했다. 먼바다에서 들어오는 보고에 바로 응답하려면 그래야 했다.

내가 맡은 일은 그런 전문적인 일이 아니라 우리 회사 구성원들, 육지는 물론 바다에 떠 있는 모든 구성원들에게 회사의 소식을 전하고 유대감을 형성하는 사보를 만들어 배포하는 일이었다. 그 시절 인기를 끌었던 코너 중 하나가 당시 모든 사보에 한 꼭지씩 싣는 게 유행이었던 콩트였다. 그녀는 그 짧은 이야기 코너를 맡은 작가였다. 때로는 시를 쓰기도 하는 작가여서 그녀의 산문은 여느 소설가들과는 달리 운치가 넘쳤다. 그 향기로운 글 덕분에 그 코너는 오래 이어졌다.

이메일이 없던 시절이라 늘 마감에 쫓기는 형편이어서 직접 원고를 받으러 가야 하는 경우가 종종 생겼다. 시간이 걸리는 우편이 아니면 쉽게 받을 수 있는 팩시밀리도 있었지만 작가들 대부분은 그런 전송 기기를 갖추고 있지 않다. 그녀는 마감을 비교적 잘 지켰지만, 간혹 그녀를 직접 만나서 원고를 받아 오곤 했다. 그녀가 사는 곳은 시 외곽의 야트막한 산 능선 자락에 자리 잡은 마을이었다. 원고를 받으러 가면 그녀는 그냥 보내지 않고 늘 향기로운 차를 대접하거나 끼니때가 겹치면 소박한 밥상을 차려 주기도 했다. 존재감이 없는 유령 같은 일상에 방점이 찍히는 순간들이었다. 하원을 닮아서였을까, 아니면 하원 같은 얼굴이나 분위기를 애초에 좋아하는 유전자가 내재돼 있었던 걸까. 하원이 실종된 후 내 일상도 실종되어 부유하는 생활 속에서 그녀는 작은 닻으로 기능했던 셈이다.

시간이 흐르면서 원고 받는 일 외에도 사소한 일상 이야기를 주고받는 편한 사이가 되었다. 그녀에게 나는 사보 담당자였을지 모르지만, 나에겐 그녀가 유일한 대화 상대였다고 해도 지나치지 않으니 처음부터 관계의 균형추는 형편없이 기울어져 있었을 것이다. 그녀가 동해로 이사하고 난 뒤에도 그곳까지 밤새 차를 몰아 다녀오곤 했지만, 불쑥 찾아간 그날의 불행으로 인해 이런 이어짐조차 끝나 버렸다. 그 여자를 탓할 수는 없는 일이다. 그 여자가 나에게만 독점적인 연인의 지위를 부여한 건 아니었으니, 무슨 말을 할 수 있겠는가. 돌이켜보면 하원을 가슴에 품은 채 살아온 긴 여정에서 충분히 빠질 수 있는 함정이었다.

이후 홀로 조금씩 즐기던 술이 내 삶에서 가장 가까운 절친이 되었다. 저녁에 회사 사람들과 회식이라도 할 때면 급하게 잔이 채워지는 족족 훌쩍 마셨다. 빠른 취기가 늘 갈급했다. 그럴 때마다 주변에서는 환호하며 연거푸 잔을 채워 주곤 했다. 나를 아는 이들은 그것이 모두 버릇일 뿐, 술에 강한 체질이 아니라는 사실을 차츰 간파했다. 좌중에 이야기 흥이 오를 무렵이면 나는 어느새 기절한 듯 탁자에 코를 박거나 고개를 뒤로 젖힌 채 비몽사몽의 시간으로 사라졌다. 동료들이 그때마다 택시에 태워 집까지 무사히 배달하는 고역을 치러야 했다.

같이 술을 마시면 흥도 나지 않을 뿐 아니라 자칫 덤터기까지 쓸 수 있어서 나는 기피 대상이 돼 버렸다. 유령의 시간을 살면서도 그 유령의 존재조차 버거워 알코올의 힘을 빌리는 꼴이었다. 이런 고주망태를 여인들이 사랑하기는 쉽지 않을 터이다. 나는 더욱 고립된 개별자로 내 안에 갇혀 살 수밖에 없었다. 이런 삶조차 오래 지속되면서 나름의 평화와 평정을 찾았는데, 이제 하원이 다시 살아나 내 안간힘을 부추기고 있는 정황이다. 평화나 평정 따위는 얼마든지 깨져도 좋다. 하원의 종적이 나타나고 있지 않은가. 그녀가 살아 있을지 모른다는 희망이 어른거리고 있지 않은가. 어디에서 어떻게 존재하든 살아 있는 그녀를 확인만 할 수 있어도 구원받는 느낌일 터이다. 이 유령의 삶을 끝낼 존재도 나를 가둔 그녀밖에 없다. 하원의 거울상인 듯한 희연과 함께 움직이는 것만으로도 나는 알코올로는 어림도 없을 만큼 강력하게 격동하고 있다.

28

직장 동료나 상사들이 괜찮은 여성들이라고 소개해 준 경우도 더러 있었다. 그 여인들 중 하나와는 결혼 직전까지 가기도 했다. 드물게 마음에 들어 따뜻한 연인으로 지내는가 싶었던 적도 있었다. 사라지지 않고 세월이 흐를수록 더 단단해지는 가슴속 멍울 때문인지는 모르되 그 인연들은 모두 시냇물처럼 흘러가 버렸다. 겉으로 보기엔 아무 문제가 없는 샐러리맨이었지만 나는 유령처럼 부유하는 삶을 살아온 것이다. 내 존재에 깊숙이 맺힌 멍울이 현실에 뚜렷하게 발을 붙이게 하지 못하는 몽환적인 미약 같은 역할을 한 것인지도 모르겠다. 고통스럽기만 한 멍울은 아니었다. 내 속의 그 멍울을 쓰다듬고 만질 때면 가슴 깊은 곳에서 따스한 기운이 올라오며 언젠가 바닷가 집에서 밤에 들었던, 창문을 덜그럭거리며 불던 바람 소리가 들리곤 했다.

하원이 내 육신의 멍울로 깊숙이 자리 잡아 역설적으로 한 몸이 돼 버린 세월이 흐르는 가운데 새로운 여인을 꽤 오래 만난 적이 있다. 그 여자는 같은 회사에서 근무하는 여성이었다. 밝은 미소가 눈에 띄는 명랑한 여성이었다. 어둡지 않았고 밝았다. 그녀의 목소리는 늘 반 옥타브쯤 다른 이들보다 높았고, 그녀를 만나면 주변도 환해졌다. 그런 긍정적인 에너지가 어둠 속에서 빠져나오지 못했던 나에게 매력으로 다가왔을지 모른다. 그녀에게 나는 연민의 대상이었을 것이다. 늘 있는 듯 없는 듯 살아가는 내가 안쓰러웠을 것이다. 그런 구제 욕구가 혹은 모성애적 본능이 나에게 베푼 온정이었을 거라는 생각은 헤어지고 난 뒤에서야 찾아왔다. 나는 유령이었고, 그녀는 주술사였던 셈이다. 어둠 속에서 빛을 이끌어 내는 무당이었을까. 그런 무당이 한 남자만 돌본다는 건 처음부터 본질에 어긋나는 것이었을 테다. 따지고 보면 내가 이 생의 깊은 구렁 속에서 빛을 보는 바깥으로 나오게 만들 유일한 원천은 처음부터 하원뿐이었을지 모른다. 살아서도 유령으로 존재하다가 영원히 유령으로 돌아가는 운명이란 얼마나 가련한가.

나에게 소설 쓰기는 유령의 삶을 현실로 끌어내리는, 허구를 현실로 만드는 그런 행위였다. 하원이 사라진 자리가 만든 오래된 상실감에 그 여자가 덧들인 생채기는 오래전부터 꿈꾸던 소설 쓰기에 한걸음 더 다가가는 계기로 작동했다. 홀로 읽고 홀로 썼다. 술이 의식을 마비시키면 그 무의식으로 메모를 해 놓았다가 다음 날 새벽 쓰린 속을 달래 가며 명징한 머리로 다듬었다. 현실보다 허구에서 더 위로를 받았다. 현실이 허구보다 더 선명하다고 장담하기는 어렵다. 때로는 허구의 진실이 오히려 현실을 제대로 바라보게 만드는 정확한 안경일 수 있다. 그렇게 써 놓은 원고들이 쌓여 가던 어느 시점에 사람들에게 읽히고 싶은 욕구가 내면에서 꿈틀거렸다. 그 원고를 문예지에 보냈고, 어느 겨울 계간지에 첫 소설이 실렸다.

29

생존 또는 사망 사실의 확인 과정
위원회에서는 먼저 강하원의 생존 가능성에 대한 조사를 하였

다. 과거 수사 결과로서 진정인 측의 민원 제기에 따라 서울지방
경찰청에서는 각 지방경찰청 등에 공조 수사를 의뢰하여 14개 청
458개 보호·수용 시설에 대하여 강하원의 수용 여부를 조사하였으
나 수용되지 않은 것으로 확인되었고, 해외 거주 여부와 관련하여
강하원의 출국 사실을 확인한바 '출입국 사실이 없는 것'으로 확인
되었다.

30

　의문사진상규명위원회 보고서를 다시 들춰 보았다. 당
시 위원회에서 조사했다는 인물들 중 우리가 만났던 최상
국은 존재하지 않았다. 당시로서는 나름대로 최선을 다했
다고 하나, 강제 수사권이 주어지지 않았던 위원회로서는
당사자들의 진술에 절대적으로 의존할 수밖에 없었다. 그
들이 언질을 주거나 관련자들 소재를 제공해 주지 않으면
속수무책이었다. 진술인이 거짓말을 해도 아무런 제재 수
단이 없고 상대방이 동행명령을 거부해도 최고 1000만원
의 과태료를 부과할 수 있었지만 그것마저도 직접 집행
권한이 없었다. 다시 세월이 흘렀고 하원의 부모들은 지
금 이 세상 사람들이 아니다. 저세상에서 그들은 그토록

애타게 찾던 딸을 만났을지, 아니면 어딘가에 아직 살아 있을 그녀를 굽어보고 있을지 모를 일이다. 그들의 피붙이가 이리 장성해 살아 있으리라는 사실을 생전에 알았다면 딸을 찾지 못한 애통함은 조금이라도 덜어졌을까.

최상국을 만남으로써 하원의 마지막 행적은 조금 선명해졌다. 그 이전까지는 무성한 추측만 난무했을 뿐 명확한 단서는 아무것도 없었다. 최상국이 하원을 남영동에 인계했다는 사실을 분명하게 고백함으로써 이제 책임은 분명하게 당시 공안 당국에 있음을 확인하게 된 것이다. 의문사위에서 면담했다는 치안본부 대공분실 형사 두 명에 대한 기록은 조사보고서에 어떤 이유 때문인지 누락돼 있었다. 왜 어쩌다가 가장 중요한 그들의 면담 기록이 사라진 걸까. 당시 의문사위 조사에 참여했던 이를 찾아가 문의했지만 그이도 어이없어했다. 그 당시 그들에게 하원의 취조 사실에 대해 물어봤지만 그들은 하원의 존재 자체를 부인했다고 했다. 그들은 절대로 그런 여성을 취조한 적이 없었다는 것이다. 강제 수사권이 주어지지 않은 조사였기 때문에 더 이상 그들을 몰아붙이는 건 불가능한 일이었다. 당시 조사 시점이 이미 20여 년 가까이 지났으니 그들의 행적을 다시 수소문하는 것도 쉽지 않은 일이었다.

고문 전문가였던 유명 인사가 그들 내부의 카르텔 보호를 받아 공소시효가 만료될 때까지 피해 다녔던 일을 생각하면 그들을 찾는 것도, 그 당시 진술을 번복하게 하는 것도 거의 불가능한 일처럼 보였다. 그 고문 기술자는 검찰 경찰과 11년 동안이나 숨바꼭질을 했다. 안 잡는 게 아니라 못 잡는 것이라는 시각이 우세했다. 그의 공소시효도 공범들에 대한 재판 상황에 따라 수차례 연장됐다. 법원이 잇따라 공소시효를 연장했지만 검경은 사실상 기술자 검거에 별 관심을 보이지 않았고, 그는 나중에 '자수'라는 길을 택했다. 더 이상 카르텔의 보호가 유효하지 않다고 판단했거나, 세상에 다시 나올 최선의 시점을 저울질했을 터였다. 그는 이후 형을 마치고 나와서는 목사로 살면서 종교의 울타리 안에 들어갔다가 결국 교회에서도 쫓겨나는 신세가 되었다.

하원을 담당했던 형사들은 고문 기술자와는 달리 어떤 범법 혐의도 발견되지 않은 상태이니 일부러 나서서 자신들의 허물을 드러낼 가능성은 없다고 봐야 할 것이다. 희연의 출현을 계기로 다시 하원의 종적을 찾아다니기 시작하기까지, 오랜 세월이 지났지만 아무것도 진전되지 못한 가장 큰 이유였다.

31

이철규는 의문사였지만 실종 상태는 면한 경우였다. 조선대학교 교지 《민주조선》 편집위원장이던 그는 창간호에 게재한 논문이 국가보안법을 위반했다는 이유로 수배를 당하던 중 1987년 5월 3일 광주 외곽에서 검문을 받게 되었는데 이후 행방불명됐다. 그는 검문이 있던 장소 인근 저수지에서 1989년 5월 10일 사체로 발견됐다. 이철규 30주기 심포지엄이 열린다는 기사를 접하고 광주행 KTX를 탔다. 조선대 캠퍼스에는 그 시절처럼 젊은 청춘들이 가득했다.

그날 심포지엄에서 '파레시아'에 대한 개념을 듣고 전율을 느낀 건 희연도 마찬가지였다고 했다. 우리가 다시 하원을 최종적으로 담당했던 형사들을 찾아내고 그를 만나 파레시아로 이끌기로 한 데는 그날 심포지엄이 자극을 주었다.

그날 '한국의 의문사 현황과 해결 방안'에 대해 발제한 연구원은 "가해자와 억압자를 처벌하고 역사적 사실을 밝히는 것만이 과거사 청산의 목적이 될 수 없다. 가해자들의 진실 말하기와 고백을 유도하고 이를 정당하게 심판하는 공적 기구를 만들며 나아가 그들의 과오를 포용하며 피해자 집단의 명예를 회복하는 과정은 성찰의 과정이자 미래 공동체를 확립하는 과정이다. 이것은 포용과 용서, 화해, 나아가 법적 진실을 넘어선 본질적 진실을 향한 진전이다."°라고 역설했다. 그는 나아가 "과거사 청산은 역사가들의 발굴 현장이 아니라 현재적 투쟁의 현장"이라고 했다. 또한 그가 말한 내용 중 더 각별하게 다가온 말은 "기억은 전쟁"이라는 주장이었는데 "반인권적이고 비민주적인 역사 과정의 승인을 강요하고 정당성을 상실한 권력을 지지하도록 기억을 조작하는 국가와 이로부터 벗어나 기억의 자율성과 역사의 진실을 찾고자 하는 국민들 간의 갈등이 기억을 둘러싼 전쟁"이라는 것이다.

그 교수가 말한 의문사 해결을 위한 정치사회학적 모색의 한 방법론이 바로 '파레시아(parrhesia)'였다. 파레시아는 프랑스 철학자 푸코의 말년을 사로잡았던 개념으로, '모든 것을 말하기'를 뜻하는 그리스어. '모든'을 뜻하는 'pan'과 '말'을 의미하는 'rhesis'가 결합해서 만들어졌으니, 남김없이 모두 다 이야기하는 것을 뜻한다고 했다. 심포지엄에서 돌아와 구체적으로 들여다본 파레시아는

° 김세희, 「자기 배려로서의 자기 인식과 파레시아: 미셸 푸코의 해석을 중심으로」, 《교육철학연구》, 2018, vol.40, no.1, 통권79호, 69~89쪽. 이하 소설 속 연구원의 발제 내용은 해당 논문을 바탕으로 변용.

인간이 자신의 삶을 변화시키는 자기 수양의 방편이었다. 진실을 말하는 것, 그럼으로써 자기가 빚어 나가는 자신이라는 예술 작품을 완성시키기 위해 필연적으로 갖추어야 할 덕목이 바로 파레시아였다. 푸코에 따르면 파레시아, 진실 말하기야말로 자기를 배려하는 행위라고 했다.

파레시아는 누군가의 일그러져 있는 내면을 바로잡게 만드는 과정일 뿐 아니라, 진실을 알지 못해 고통 받는 이의 형상도 복구할 수 있는 명약인 셈이다. 파레시아는 위험을 수반할 수밖에 없다. 체제의 억압 속에서라면 두말할 나위도 없고, 인권이 신장된 민주화된 사회에서도 공소시효가 지났다고 하더라도 과거 자신이 저지른 죄를 드러내 고백하는 것은 위험 부담이 따를 수밖에 없다. 그렇지만 그것 없이는 왜곡되고 일그러진 채 살아갈 수밖에 없는 숙명이니 이래저래 힘든 문제인 셈이다. 파레시아는 결국 결단과 용기가 수반되어야 비로소 실천이 가능한 행위였다.

32

아침이 와도, 바깥에 바람이 불고 썰물이 져서 검은 갯벌이 길게 드러나도, 당신은 오지 않네요. 불길한 상상은 하지 않으려고 애를 씁니다. 부디 아무 일 없이 돌아오기만 간절히 바랍니다. 마음이 불안할수록 이곳에서 당신과 함께 보낸 몇 날의 기억이 따뜻한 힘이 돼 줍니다. 당신이 이 집에 들어서서 두 팔을 걷어 부치고 마루며 부엌이며 청소를 시작할 때, 추운 대기에도 불구하고 열심히 몸을 움직이는 당신 이마에 땀이 맺힐 때, 그 모습을 바라보는 내 마음은 훈훈해졌답니다. 우리가 정말 신혼부부라도 되어서 멋진 집은 아니라도 우리만의 공간을 확보해 만들어 나가는 듯했습니다. 시절이 바뀌어 우리가 하는 일들이 당당하게 햇빛 아래서 환영받을 수 있는 상황에서라면 무엇이 문제일까요. 가진 것 없이 맨몸뚱어리 하나로 임금을 벌어서 고향 가족까지 먹여 살리는 이들에게 그들의 권리와 인간으로서의 최소한의 존엄을 지킬 수 있도록 우리가 먼저 배운 것들을 나눠 주는 일이 이토록 큰 죄가 되는 세상이라니, 어이없고 원통하지만 어쩌겠어요. 새 세상이 올 때까지 당신과 내가 조금 더 어둠 속에 웅크릴 수밖에요. 나에게는 당신이 곁에 있어서 이 어둠이 결코 어둡지 않답니다.

행여나 당신이 먼발치에서라도 나타날까 점심 무렵에는 바닷가로 나섰습니다. 당신이 나타나면 제일 먼저 손을 흔들어 반기고 싶었습니다. 당신도 얼마나 간절히 이곳으로 돌아오고 싶을까요. 나갔던 일이 무언가 꼬였겠지요. 너무 서두르다 일을 망치진 말고 차분하게 잘 처리하고 돌아오세요. 당신이 온다는 믿음이 있는 한 이곳에서 기다리는 일은 아무것도 아닙니다.

바닷가 뒤로는 들녘이 펼쳐져 있는 풍경입니다. 들녘 가장자리에 당신이 타고 떠난 버스가 오가는 신작로가 나 있지요. 그 신작로 언덕 아래 성모마리아상이 덩그러니 서 있더군요. 아무리 둘러봐도 작은 컨테이너 하나만 놓여 있을 뿐 성당이라곤 보이지 않았습니다. 아마도 성모상을 주문받아 제작하는 업자의 작업장인 듯했습니다. 외딴 들녘 가장자리에서 인적도 없는 바다를 하염없이 바라보는 성모상이라니요. 아무도 보지 않아도, 어디에서든 누군가를 위해 기도하는 존재가 떠올랐습니다. 멀리서 성모상의 기도하는 손끝에 내 마음을 실었습니다.

당신, 춘양이라는 곳에 가 본 적 있는지요. 봉화군에서도 연중 최저 기온을 기록하는 오지의 지명이 춘양(春陽), 봄볕이라니, 얼마나 따스함이 절실했기에 붙인 이름일까 싶어 애잔했지요. 겨울이면 영하 20도 아래로 내려가는, 봉화군에서도 가장 추운 곳이랍니다. 우리 학강 중에 그 산골에서 올라온 영수라는 친구가 있었던 것 기억하나요. 프레스 공장에서 일하기 때문에 노동 강도가 세고 위험도도 높아서 내심 걱정을 많이 하던 학강이었습니다. 그 친구가 결국 왼손 검지와 중지가 한마디씩 잘린 채 아직 상처가 아물지도 않은 손에 붕대를 감고 야학에 나오던 때를 기억하나요? 잘려 나간 마디들조차 으깨어져 봉합 수술도 어려웠다고 했지요. 그때 나는 내 남동생이 아픔을 겪는 것처럼 가슴이 저려서 그 친구를 안고 울었지요. 뒤늦게 들어온 당신이 영수와 함께 나를 달래느라 애를 쓰던 기억이 납니다. 일하는 사람들이 제대로 대접을 받지 못하는 세상에서 우리가 미약한 힘이나마 보탤 수 있다는 건 어둠의 세상에 태어난 이상 최소한의 도리이자 의무일 겁니다.

촛불 아래에서 우리가 담요를 같이 두르고 앉아 당신의 체온을 느끼고 있을 때 떠올랐던 시가 있습니다. 당신에게 언젠가 읊어 줘야지 생각했는데, 여기에 먼저 옮겨 볼게요. 우리가 이곳에 와서 추운 밤 당신과 나누던 체온이 생각나 혼자 있는 지금도 가슴이 뜨거워지네요.

"둥근 젖무덤에 보름달 떠올라 하룻밤 사무치자 하룻밤 사무치자 팔 벌린 그 밤에 동쪽 샘이 깊은 물에 보름달 주저앉은 그 밤에⋯⋯"°로 시작되는, 고정희 시인의 「파도타기」라는 시편인데, 사랑하는 이와 누릴 법한 어떤 밤에 대한 관능적인 상

° 고정희, 「파도타기」, 『아름다운 사람 하나』(문학동네, 2022).

상력이 엿보이는 뭉클한 작품이에요. 하룻밤, 사무친다, 이런 표현들이 사무치게 다가오는 건 지금 당신이 옆에 없기 때문일까요? 샘이 깊은 물에 주저앉은 보름달은 어디로 사라진 건가요? 그 시는 이렇게 이어집니다.

"느닷없는 부드러움이 두 가슴을 옥죄이던 그 밤에 깊고 푸른 밤이 불을 켜던 그 밤에 사십 도의 강물이 범람하던 그 밤에……" 40도의 강물이 범람하다니요. 이성적이고 과학적인 분석으로만 따진다면 병원 응급실에 열 번은 실려 가고도 남을 상황이겠지요. 너무 진부한 농담인가요. 그래도 어쩔 수 없어요. 느닷없는 부드러움이란 표현은 또 어떻고요. 떨리는 가슴으로 조심조심 안았던 당신, 얼마나 부드럽던지요. 그 느낌을 시인이 느닷없다고 표현한 건 쑥스러웠기 때문일까요? 다음 구절은 더 환상적입니다.

"불꽃춤 찬란하던 그 밤에 서해안의 파도 소리 하얗게 부서지던 그 밤에 물미역 아름답게 흔들리던 그 밤에 별들이 내려와 드러눕던 그 밤에……" 아, 물미역 흔들리던 밤이라니요. 당신의 손길이 물미역처럼 나를 감쌌던가요. 햇빛이 투과된 청정한 수면 바로 아래 물미역이 조수에 흔들리며 부드럽게 춤을 추는 모습이 떠오릅니다. 그 춤사위는 바로 우리의 것이었어요. 별들이 내려와 드러누웠다니요. 당신의 맑은 눈빛이, 40도의 눈물이 그렁거리던 그 눈동자가 하늘에서 내려온 별의 징표

였나요?

"새벽 달빛 호호탕탕 넘어가던 그 밤에 아아 아홉 가지 봉황 깃털 창궁에 자욱한 그 밤에 그대와 나 수미산 꼭대기에 떠올라 우주와 교신하던 그 밤에……" 당신과 나, 수미산 꼭대기에 올라 우주와 교신한 거 맞지요? 그날 문밖에 불던 바람 소리가 달빛이 호호탕탕 넘어가던 우주의 음악이었나요. 아, 그렇게 우리가 수미산 꼭대기에 동시에 올랐을 때 느꼈던 건 무엇이었지요? 그 어떤 말보다, 문자보다, 표정보다, 눈빛보다, 나는 당신과 함께 오른 수미산 꼭대기에서 많은 걸 느끼고 받았습니다. 그러니 나중에라도 굳이 말로 설명하려 들지 마세요. 당신, 지금도 우리가 떨어져 있지만 교신하고 있는 것 맞지요? 언제쯤 돌아올 건지 타전해 주세요. 온 가슴을 열고 당신을 기다립니다. 어디까지 왔나요, 당신.

33

월포의 그 집 마룻장 밑에서 발견된 흰 보자기 안에는 사흘 밤낮 동안 하원이 공포와 두려움과 외로움을 잊기 위해 쉬지 않고 쓴 편지들이 가지런히 접혀 있었다. 그 집에서 가져온 편지들은 꼼꼼히 읽긴 했지만 자주 들여다보긴 쉽지 않았다. 웬만큼 마음을 다잡지 않는 한, 소주병을 함께 놓아 두지 않는 한, 하원의 편지를 맨정신으로 읽어 나가기는 쉽지 않았다. 희연이 그 편지들을 꼼꼼하게 다시 들여다보자는 제안을 하지 않았다면 그대로 방치해 둘 뻔했다.

하원은 편지에서 춘양을 언급하고 있었다. 늦은 겨울에 그곳에 아이를 낳으러 찾아들기 전까지 그녀는 어디에 있었던 걸까. 월포로 다시 숨어들기 전 처음 월포를 떠날 때 마지막 편지를 쓴 날짜가 내가 그 집을 떠난 날로부터 나흘 뒤였다. 그녀는 어쩔 수 없이 나에게 변고가 생겼다는 사실을 인정할 수밖에 없었을 것이다. 자신도 결코 안전하지 못하리라는 판단도 했을 터이다. 그렇게 떠난 그녀가 춘양에서 서울로 압송되다가 간신히 도망쳐 다시 이곳으로 돌아온 것은 미련 때문이었을 것이다.

하원은 편지를 쓸 때마다 마룻장 밑에 감춰 보관했던 모양인데, 이곳에서 마지막으로 체포되기 직전까지도 그녀는 막연하게나마 내가 이곳에 들를지 모른다는 희망을 포기하지 않았던 것 같다. 하원은 내가 남영동으로 압송돼 녹화 사업을 당했다는 사실을 알지 못했을까. 지도부와 선이 닿았다면 내가 군에 끌려갔다는 소식 정도는 그녀의 귀에도 들어가지 않았을까. 하원은 어쩌자고 다시 이곳으로 돌아와 나를 기다렸을까. 노파가 전해 준 하원의 마지막 모습을 떠올리면 먹먹하다.

희연은 차분하게 우리가 풀어야 할 숙제를 정리했다. 무엇보다도 먼저 풀어야 할 실마리는 월포를 떠나 춘양에 가기까지 열 달 남짓한 기간 동안 하원이 움직였던 동선을 확보하는 일이었다. 수배당하는 처지여서 임신 사실을 알고도 병원에 갈 생각은 엄두도 내지 못했을 테니 그 기간 동안 홀로 얼마나 많은 번민을 했을지 짐작이 가고도 남는다.

34

야학 시절 하원과 유독 친하게 지냈던 학강들을 떠올려 보았다. 남자 학강 중에는 그녀가 찾아갔던 영수가 있고, 여자 중에는 미싱 바늘이 손가락에 꽂혀서 붕대를 감은 채 왔던 순영이 떠오른다. 희영이라는 이름 대신 영희로 불렸던 친구도 생각난다. 나는 그때 철수라는 가명을 썼는데, 유독 키가 컸던 그 아이가 나를 많이 따르는 통에 주변에서 철수 친구 영희라고 놀렸던 것 같다. 영희보다는 순영이 쪽이 하원과 더 가까웠던 것 같다. 하원은 유달리 사람들에 대한 연민이 넘치는 성정이었다. 영수도 프레스기에 검지와 중지가 한 마디씩 잘렸을 때 마음을 쓰면서 더 가까워진 경우였다. 순영은 미싱 일을 하다가 바늘이 손가락에 꽂혔는데도 상처 부위에 대충 미싱 기름을 바르고 붕대로 감싼 뒤 야학에 왔다. 그때 하원이 순영을 데리고 수업을 하다 말고 병원에 갔던 기억이 난다.

당시 졸업도 못 시킨 학강들은 뿔뿔이 흩어지고 말았다. 강학들이 공안 당국에 쫓겨 다니는 신세였으니 수업이 제대로 이루어졌을 리 없다. 자연스럽게 학강들과도 연락이 끊기고 말았다. 순영의 고향이 남쪽 들녘 어디쯤이었다고 들었던 기억이 희미하게 난다. 들녘에 있는 마을인데 집 뒤로 대숲이 우거져서 밤마다 그 숲이 우는 바람에 부모님이 늦게 들어오실 때면 어린 시절에 무서웠다고 말했던 기억도 난다. 들녘에, 그것도 뒤안에 대숲이 우거진 집. 차분히 생각하면 서울 가서 김서방 집 찾기나 모래사장에서 바늘을 찾을 확률보다는 높아 보였다. 들녘이 광활하게 펼쳐진 지역은 한국 지형에서는 남쪽 평야 지대로 좁혀지고, 평지처럼 평퍼짐한 지형에 대숲이 우거진 곳이라면 서울의 김서방 집보다는 그 숫자가 적을 것이다. 그 집을 용케 발견한다고 해도 30여 년이 흐른 지금, 순영이 말했던 모습처럼 그대로 남아 있을지도 의문이다.

이미 오래전에 퇴락해 스러져 없어졌을지 모른다. 세월은 모든 것을 기어코 풍화시킨다.

아직 연락이 닿는 옛 야학 학강 동료들 전화번호를 탐색하던 끝에 어렵사리 순영의 고향 들녘 위치를 어림잡을 수 있었다. 월포에서 서울로 올라가려면 들녘 가운데로 길게 뻗은 고속도로를 타야 하지만 우리는 들녘으로 난 국도로 빠져나왔다.

35

타살 가능성

조사 팀은 공권력의 개입 및 타살 가능성과 관련하여 조사를 하던 중 모 방송사에 강하원의 타살과 관련된 제보가 접수되어 있음을 인지하게 되었으며, 이 제보가 위원회에 제보된 것이 아니라 방송사에 제보된 것이었고 해당 방송사에서 위원회에 강하원 관련 여부를 문의하는 과정에서 입수하였기에 신중하고도 조심스럽게 접근, 조사를 진행하였다.

조사 팀은 제보 내용과 관련 방송사에 원 제보자의 인적 사항 및 접촉 관련 협조를 구하였으나, 방송사에서도 자세한 인적 사항을 확인하지 못하였고 제보자에게 삐삐 등을 지급하여 연락하고 있었으나 연락이 두절된 상태임을 확인하였다. 이어 조사 팀은 제보를 받은 방송사 및 다른 방송사에 제보된 내용을 토대로 독자적인 조사를 진행하여, 원 제보자와 다른 2명의 신원을 확인하고 소재 등을 탐문하였다.

그 결과 제보자는 가족이 없고 아파트 공사 현장 등에 일하는 자로 일정한 주거가 없어 소재를 확인하지 못했고 제보 내용에 있는 다른 2명의 소재를 확인하여 이들을 소환하여 행적 및 제보 내용에 대하여 조사하였다.

36

차에서 내려 들녘을 걷는 동안 급속히 어두워졌다. 들판 너머 지평선 쪽에 저녁 불빛들이 보이기 시작했다. 그것들은 쉼 없이 깜박거리며 먼 곳에 있는 이들이 길을 잃지 않도록 조바심을 내는 것처럼 보였다. 간혹 완행열차와 검고 기다란 화차를 매달고 지나가는 화물열차를 제외하면 철길의 밤은 고요했다. 앞쪽 멀리서 희미한 불빛이 하늘을 향해 퍼져나가는 것이 보였다. 들녘의 깜박거리는 불빛과는 다른 환한 것이었다. 조금 빠르게 걸어가자 차츰 불길의 윤곽이 드러났다. 철로 아래 언덕바지에서 화톳불이 타오르고 있었다. 불길은 세차고 끈질기게 오르고 있었지만 주위에 사람은 보이지 않았다. 들녘 곳곳에 연기가 오르던 풍경은 농부들이 다음 해 해충을 방제하기 위해 논두렁에 불을 놓았기 때문이었다. 아직 사그라지지 않은 그 불 중 하나인 모양이다. 가까이 다가가 철길 언덕에 앉아 불길을 내려다보았다. 환한 주홍의 군무 속에서 하원의 얼굴이 함께 흔들렸다.

그날 밤 나는 그 거리를 술에 취해 걷고 있었다. 희미한 기억을 좇아 골목길로 들어섰다. 좁은 길 양쪽에는 간이 맥줏집과 야식집들이 손을 흔들고 있었다. 그 검붉은 건물은 보이지 않았다. 길을 잘못 들었는가 싶어 다음 골목으로 깊숙이 들어갔더니 주차장이 나왔다. 주차장 뒤편으로는 연립주택들이 밝은 가로등 아래 서 있었다. 낯선 풍경이었다. 하릴없이 택시를 타고 출발하는데, 꿈처럼, 오래전 기억처럼, 창 너머로 검은 건물이 순식간에 망막을 채웠다. 서둘러 휴대전화 카메라로 찍었지만 그것은 흔적처럼 남았을 뿐이다.

그 시절 죽음의 문턱까지 오가던 검은 건물의 기억조차 꿈이었을까. 젊은 그 시절은 없었던 걸까. 그녀도 환상이었을까. 사진 속 검은 건물은 밝은 가로의 불빛과 대조되어 몽환처럼 보였다. 지나온 30년의 흔적이 저런 빛깔인 걸까. 사라진 하원은, 그 세월 내내 흔적만 남긴 채 보이지 않는 그녀는, 이승에 있기는 한 걸까. 차마 그렇게 생각하고 싶지는 않지만, 이승에서는 이미 영영 이별이었다면 나는 무엇을 찾아 이 들녘까지 온 것일까. 허망하고 희미하다. 나는 지금 이 들녘에서 아무것도 아니다.

37

그때 들녘 마을에서 나는 모든 것이었다. 나 혼자 모든 것이 아니라, 모든 것과 함께 하나였다. 들녘과 그 생명이 자라는 망망한 땅끝에서 불어오는 바람과 몰려오는 비구름과 햇빛과 가죽나무와 탱자나무와 딸기 덤불과 수숫대까지, 그 모든 것은 어린 영혼에 스며들어 서로 구분되지 않고 한 덩어리로 존재했다.

식구들이 아직 잠에서 깨어나지 않은 어느 날 아침, 창호지를 바른 문이 다른 날보다 하얗게 밝아 나는 조용히 문을 열고 나왔다. 그때 내 앞에 펼쳐진 풍경은 지금도 잊지 못한다. 세상은, 마루에서 들녘 끝까지, 하얗게 눈으로 덮여 있었다. 숫눈이었다. 세상 어느 것에도 오염되지 않은 그 숫눈이 처음으로 내 영혼에 들어왔다. 숫눈에서는 냄새가 났다. 차갑고 습하면서도 깊이 들이마셨을 때 속이 환해지는 그런 냄새.

여름날 들녘 한가운데까지 꼬맹이가 기를 쓰고 땀을 뻘뻘 흘리며 달려간 적이 있다. 시골 마을에서 처음 본 이상한 날틀이 들녘을 낮게 떠서 오가며 흰 분말을 뿌리더니 들녘 가운데 내려앉았다. 논둑의 잡초에 쓸리고 땀이 흐르는 얼굴에 먼지는 날아와 더께를 이루고 콧물까지 흐르다 눌어붙어 엉망인 얼굴로, 반바지 차림의 꼬맹이는 무엇이 궁금해서 들녘의 한가운데까지 그리 달려갔을까. 그곳에는 작은 헬리콥터가 앉아서 농약을 공급받고 있었다. 지금 생각해 보면 순수한 모든 것, 그 영혼의 중심으로 바깥세상의 문명이 생명을 제거하는 약을 싣고 들어온 상징적인 풍경이었다.

집 옆 텃밭 가장자리에 수숫대를 심은 이유는 가을이면 무겁게 고개를 숙이는 수수를 수확하려는 목적이긴 했다. 단수수는 중남미의 사탕수수처럼 기둥만 베어서 잘게 씹으면 단물이 나오는, 썩 괜찮은 아이들 주전부리 감으로도 요긴했다. 그 수수를 비스듬하게 베어 낸 등걸은 죽창처럼 날카로워서 위험했다. 수수밭을 달려가다가 그 밑동 위로 넘어져 아킬레스건 옆이 깊이 찔리는 바람에 고무신에 피가 찰찰 넘치도록 흘렀다. 통증은 기억나지 않는다. 울었을 테고, 할머니는 많이 놀랐을 것이다. 그 흔적은 지금도 발목 언저리에 사진처럼 남아 있다. 모든 것이 아무것이던 시절, 아직 모든 것이 분리되기 전 자연과 하나가 되어 부대낀 흔적이다.

황토고구마밭 옆 호밀밭과 장독대 울타리였던 키 큰 탱자나무들도 떠오른다. 그곳을 떠나온 뒤로도 그렇게 키가 큰 탱자나무를 본 적이 없다. 그곳의 탱자나무는 어른 키의 두 배는 훌쩍 넘길 만한 높이였다. 그 울타리 가운데에 뚫어 놓은 구멍은 자연스레 쪽문이 되었다. 탱자나무 울타리 쪽문을 나서면 그 시절 어린 눈에는 광활하다고밖에 표현할 길이 없는 고구마밭과 호밀밭과 고추밭이 펼쳐졌다. 호밀밭 사이를 헤치고 나아가 높은 언덕에서 멀리 지평선을 내려다보는 일은 그 시절 큰 기쁨 중 하나였다.

38

들녘은 고르고 평평하게 멀리 뻗어 있었다. 하늘과 땅이 맞닿은 곳에는 산맥이 엎드려 흘러가고 그 위로 구름들이 낮게 떠 있다. 그 지평을 향해 경운기 한 대 정도 지나갈 만한 좁은 길 한쪽으로 전봇대들이 줄을 지어 멀어져 갔다. 평평한 지형에 수직으로 솟구친 전봇대들은 먼 곳에서 가져온 소식을 전하는 병사들 같았다. 그 길을 천천히 걷다가 승용차로 돌아왔다. 희연은 조수석에 앉아 차창을 내리고 멀리 지평선 쪽을 응시하다가 조금 상기된 목소리로 말했다.

"아까부터 저쪽 작은 불빛이 희미하게 흘러나오는 집을 유심히 보는데요, 뒤편으로 나무들이 흔들리는 둔덕이 있고 바람에 흔들리는 모양이 대나무들 맞는 거 같아요. 한번 가 볼까요?"

희연이 그렇게 보았다면 혹 모를 일이다. 순영의 고향 들녘을 수소문해 가까스로 찾아낸 터였다. 승용차를 몰고 국도에서 난 샛길로 접어들어 마을로 갔다. 마을 입구에 차를 세워 놓고 저녁연기가 오르는 마을로 들어섰다. 여기저기에서 개 짖는 소리가 합창처럼 울려 퍼졌다. 희연이 멈칫거리며 뒤에서 따라왔다. 뒤란에 대밭이 있는 집이 어디 한두 곳일까. 우리는 대나무밭 바로 아랫집을 향해 오랫동안 찾지 않은 친척집을 방문하듯 무람없이 걸었다. 어두운 지평선에서 불어온 밤바람이 대숲을 소란하게 흔들었다.

어둑해지는 저녁 무렵 댓바람에 찾아든 외지인을 노파는 경계하지 않고 마루로 들였다. 얼굴에 깊은 주름이 패

여 있고 흰머리는 제대로 쪽지지 않아 제멋대로 방향을
틀었다. 노파에게 조심스럽게 물었다.

"할머니, 혹시 순영이라고 아세요?"

"누구?"

노파가 귀가 잘 안 들린다는 듯이 물었다.

"순영이요, 순영이! 아주 오래전에 서울 가서 미싱 일
했다던데요."

노파는 순영이란 이름을 입안에 굴리며 우리를 번갈아
쳐다보다가 천천히 답했다.

"순영이…… 그런 이름은 몰러. 처녀 적에 서울 가서
공장 다닌 애들이 어디 한둘인감?"

"그렇군요. 순영이라는 처자가 들녘 마을에 살았다는데
집 뒤에 대밭이 있었다고 해서 지나는 길에 들러 봤어요.
할머니, 고마워요. 가 볼게요. 건강하세요."

희연이 실망한 낯빛으로 할머니 손을 잡고 고개를 깊
이 숙여 인사한 뒤 돌아서자, 노파가 우리를 불렀다.

"아이고, 여기까지 찾아온 것도 인연인디 나가 지금 혼
자 먹을라고 청국장 끓여 놓은 거 같이들 먹고 가는 건 어
떠? 그냥 혼자 사는 노인네 말동무나 하고 간다고 생각
혀. 응?"

39

이 집을 동네 사람들은 대밭집이라고 불렀어. 내가 시집올 때부터 이미 뒤안에 대나무들이 무성했응께 아마도 70년은 족히 넘었을 거야. 대나무 뿌리들이 생명력이 질겨서 가만 놔두면 금세 마당에까지 뻗쳐 왔어. 그대로 있으면 대나무들이 이 집을 온통 휘휘 감싸 버릴 정도라니까. 옛날에는 부지런히 죽순을 캐어 팔기도 하고 애들한테 보내기도 혔는디 이제 늙어서 힘이 부치니까 그냥 놔두고 있어. 저것 봐. 마당이 온통 죽순 천지여. 지네들은 또 어떻구. 그것들이 죽순을 좋아혀서 대밭에는 지네들이 많이 살어. 마당까지 대나무 뿌리들이 뻗어 나오니께 죽순을 먹을라고 지네들이 집 안에까장 들어와. 자다가 이불 속에서 지네를 만나 기겁한 적도 있당게. 노인네 혼자 산다고 지네들도 나를 깔보는 것 같어.

비가 오면 댓잎에 빗방울 부딪치는 소리가 솔찬히 소란혀. 그 소리도 젊었을 때는 노래처럼 들을 만혔는디, 다들 떠나고 늙은이만 혼자 남으니께 심란혀. 바람이 불면 댓잎들이 수런거리는 소리는 또 어떻구. 저것도 어떤 때는 나한테 말을 거는 것 같아서 들을 만허다가도 한밤중에 눈을 뜨고 오도카니 일어나 앉아서 들으면 무섭고 서늘하기도 혀서 혼자 눈물 바람도 많이 혀. 영감이 저세상으로 가 버리고 아그들도 다 커서 뿔뿔이 제 살길 찾아 흩어져 버리고, 나 혼자 이 집에 남았어.

둘러보면 알겠지만 이 집에서는 가져갈 것이라곤 저 뒤안 텃밭의 대나무들뿐이여. 저것들 가져가고 싶으면 다 가져가. 우리 영감 살았을 적에는 저놈들 비어다가 팔아서 제법 돈을 받기도 혔어. 순영이란 년은 내 딸이지만 참 착혔어. 일찌감치 서울 올라가서 미싱 바늘에 지 손구락 박아 가면서 밤늦게까지 일해서 번 돈으로 남동생을 둘이나 공부시켰잖여. 어렸을 때 대밭에 들어갔다가 지네에 물려 죽다 살아났는디, 손등에 상처가 난 것을 제때 치료 허지 못혀서 흉터로 남았어. 그때 빨리 소금물로 씻어 주어야 혔는디, 걍 물로만 씻고 냅뒀다가 근지러우니께 지가 손톱으로 자꾸 긁었던 모양이여. 그러다가 상처가 덧나 가지고 그 자리가 붓고 나중에 고름까지 차서 칼로 째는 바람에 흉터가 남았어. 커서는 다시 미싱 바늘까정 그 손에 꽂혔응게 내가 월매나 가슴이 아팠겠능가.

나가 그 아이헌티는 입이 열 개라도 할 말이 없어. 근디, 그 착한 애기가 왜 고러코롬 박복한 건지 모르겄어. 냄편이라고 만난 남정이 허랑방탕혀. 사업을 한다고 사방을 쏘다니더만, 여기저기 빚을 안 진 디가 없다가 종국에는 지 각시까지 나이 먹어서도 고상을 안 시켰소? 이 집까지 그 오살헐 놈의 사위 빚을 받으러 오는 사람들도 있어서 나가 순영이는 모른 척한 것이오. 보아헝께 집이들은 그런 사람들은 아닌 것 같아서 이렇게 밥이라도 먹고 가라고 주저앉힌 것이오.

야그를 들어 봉께 우리 딸 옛날 야학 선생이라는디, 나는 갸가 서울 가서 낮에는 뼈 빠지게 일하고 밤에는 잠도 안 자고 공부하러 댕겼다는 야그를 들웅께 또 눈물이 나네. 우리 순영이가 그렇게 악착스런 가시내였어. 그려…… 그런 가시내가 자식 복 남편 복이나 있어야 되는 것 아녀? 자식들은 안 생겨 부렀고, 냄편이라는 작자는 만날 빚쟁이에게 쫓겨 다니는 신세니, 나가 편안허게 눈을 감기도 힘들어.

40

순영을 만나면 하원의 행적을 그려 볼 수 있을까. 희연은 새로운 희망의 실마리를 찾은 양 들뜬 표정이었다. 남쪽에서 올라온 뒤 이틀 만에 다시 희연을 만났다. 그날은 순영의 모친이 알려 준 순영의 주소지로 찾아갈 참이었다. 순영은 군사정권 시절 밀어붙인 방조제 사업으로 지금은 호수가 된, 수도권 바닷가 인근에서 오랫동안 식당을 운영해 왔다고 모친은 알려 주었다.

호수가 된 바다는 물이 막혀 한동안 부유물과 악취로 악명이 높았다. 지금은 그나마 월포 앞바다처럼 완전히 물을 빼지는 않고 물길을 방조제에 뚫어 주어 제법 정화된 편이다. 방조제가 호수와 바다를 가르며 시원하게 뻗어 나가는 모습이 제법 근사했다. 순영을 만나기 전에 잠시 숨을 고를 겸 희연과 함께 방조제 중간 휴게소까지 가서 바닷가에 섰다. 파도는 규칙적으로 발밑을 파고들었고, 바람은 희연의 귀밑머리를 쉼 없이 날렸다.

모든 죽음은 의문사일는지 모른다. 그가 혹은 그녀가 왜 죽었는지 알려 주는 사망진단서는 단지 현상에 대한 설명 자료일 뿐이다. 왜 하필 그 나이, 그 시각 그곳에서 그렇게 숨을 멈추어야 했는지, 저 수많은 죽음들의 무수한 사연의 배경은 신조차 모두 알 수 없지 않을까. 하물며 죽음의 흔적도 남지 않은 실종이란 겹으로 싸인 의문 덩어리인 셈이다. 어디서 어떻게 미궁으로 포획됐는지, 기다리는 이들은 먹먹하고 막막할 따름이다. 이 의문에 답할 최소한의 알리바이라도 있어야 그녀를 보내 줄 수 있을 것 아닌가. 머리카락 한 올이라도, 누군가 그녀를 보았다는 뜬소문이라도, 그녀를 닮은 그 누구라도, 좁쌀만 하고 지푸라기 같은 흔적이라도 간절하다.

41

"아카시아꽃 향이 자욱하던 초여름 밤, 마음이 심란해서 뒤척거리는데 누군가 문을 조심스럽게 두드리더군요. 길가 쪽으로 난 방이라 거리의 불량스러운 취객들이 문을 함부로 두드리기도 해서 그냥 두고 보았죠. 다시 조심스럽게 문을 두드리는 소리가 들렸어요. 망설이는 듯하지만 간절한 두드림이었어요. 문간에서 누구냐고 물었죠. 한때 매일 밤 듣고도 금방 다시 그리웠던 그 따뜻한 목소리가 들려왔어요. 맞아요. 연희 언니가 저를 찾아올 줄은 상상도 못했어요."

순영 모친으로부터 받은 번호로 전화를 걸어 그 시절 강학 김철수를 아느냐고 물었을 때, 잠시 전화기 너머에서 침묵이 흐르더니 울먹이는 목소리가 들렸다. 이산가족이라도 만난 양 순영은 전화기 너머에서 격하게 반가워했다. 그녀 또한 만나자마자 연희, 그녀가 알고 있는 하원의 이름은 여전히 연희일 수밖에 없는, 하원의 안부를 물었다. 어쩌면 그리 매정하게 그동안 연락을 뚝 끊어 버렸는지, 야속하고 원망스러웠다고 했다. 저간의 이야기를 간단히 전하자 순영은 깊은 한숨을 쉬더니, 아련한 눈빛으로 그 시절을 떠올리기 시작했다.

순영은 웃을 때마다 눈가에 주름살이 자글자글 무늬지는 여인이었다. 하원보다 일곱 살쯤 아래였으니 그녀의 막내동생뻘 정도 될까. 순영이 미싱 바늘에 손가락을 찔리고도 일회용 밴드만 붙인 채 야학에 달려왔던 날, 하원은 순영을 병원 응급실에 데려가 처치를 마칠 때까지 내내 함께 있어 주었다. 밤이 늦었는데도 돌아오지 않아 병원으로 찾아갔을 때, 그녀들은 병원 앞 벤치에 앉아 있었다. 순영이 하원의 어깨에 응석을 부리듯 얼굴을 기댄 채 도란도란 이야기하던 모습을 조금 떨어진 거리에서 지켜보았던 기억이 난다. 순영도 세월의 무정을 비켜 가진 못했지만, 잔주름과 희끗한 머리카락 몇 올을 빼면 여전히 다감하고 적극적인 면모는 변함이 없었다.

"야학에 나가기 전까지만 해도 나는 먼저 대학생들이라면 모두 시건방지고 사치나 하고 다니는 줄 알았어요. 공순이, 공돌이인 우리와는 다른 차원의 인간인 줄로 생각했었지요. 그래서 처음에는 야학이 별로 좋지도 않았는데 막상 다니며 함께 대화하고 생활하다 보니 참 검소하더라고요. 올바른 사회를 만들기 위해 노력하고, 다른 사람들을 생각하며 살아가려고 애쓰고, 우리랑 똑같이 기뻐하고 화내고 놀고 후회하기도 하고 어울리며 살아가는, 별다른 인간이 아닌 평등한 사람들임을 알게 된 거죠. 나는 야학을 다니면서 다른 사람들을 다시 보게 되었어요. 이런 야학이 우리 사회에 널리 퍼지도록 주님 앞에 기도드리겠다고 다짐했지요."

순영은 새삼스럽게 그 시절을 돌이키면서 그때 대학생 선생들 중에서도 하원이 각별히 자신의 기억에 남게 된 이야기를 털어놓았다.

"저는 야학에 나오기 전까지는 매사에 자신감이 없고 열등감이 많아 남들 앞에 나서서 내 의견을 제대로 이야기해 보는 일조차 두려워했어요. 야학에 다니면서 하면 된다는 자신감을 얻었고 아무리 공장 생활이 고달파도 야학 교실에만 오면 마음이 편하고 그저 즐거운 게 신기할 정도였어요. 이전에는 나 자신이 노동자라는 것을 스스로 부끄러워했지만 이제는 노동자라는 것을 떳떳이 이야기할 수 있을 것 같은 자신감도 생겼어요. 그 시절 내 이야기를 끝까지 참을성 있게 들어주고 손가락이 미싱 바늘에 찔려 붕대를 싸매고 왔을 때도 자신의 손가락이 아픈 것처럼 한참이나 내 손을 붙들고 눈물을 글썽이던 그 언니 얼굴이 지금도 눈에 선해요."

순영은 파산한 남편과 헤어진 뒤 식당 허드렛일부터 시작했고, 이곳 방조제 너머 육지로 이어진 섬의 바닷가에 작은 식당을 열었다고 했다. 고향의 노모처럼 국수 삶아 내는 솜씨가 제법이어서 단골들이 생겼고, 소문이 나서 급기야 비록 작은 공간이지만 어엿한 국숫집을 차릴 수 있었다. 가게 간판이 '연희 칼국수'였다. 고관과 부자들이 즐비한 주택가의 유명한 국숫집이 떠오르는 옥호인데, 서해 방조제 너머 바닷가 구석진 곳에 자리 잡은 국숫집 이름 치고는 생뚱맞았다.

"언니는 제가 삶아 준 국수를 정말 맛있게 먹었어요. 사실 고향 노모가 끓여 주는 국수는 조금 다르긴 했어요. 오래 우려낸 멸치 국물을 냉장고에 보관했다가 필요할 때마다 꺼내서 다시 끓이고, 어머니가 보내 준 다시마 가루를 첨가하는 정도였거든요. 비가 내리는 날 저녁, 국수를 앞에 두고 창 너머로 비가 내리는 소리를 들으면서 언니와 오래 이야기를 나누던 풍경이 지금도 선명하게 떠올라요. 국숫집을 차릴 때 언니 이름을 간판에 넣은 것도 내가 끓인 국수를 가장 좋아했던 누군가를 위한 정성을 담자는 의미에서였어요. 그 당시 언니는 다른 음식들은 속에서 받지 않아 입에 대질 못하거나, 먹어도 다시 게워 내면서도 제가 끓인 국수만큼은 순하게 넘기면서 연신 감탄을 해서 오히려 제가 감동했거든요. 그때 언니는 아이를 품고 있었어요."

희연의 눈자위가 급속히 젖어들고 있었다. 순영이 당황해서 잠시 말을 멈추더니 물끄러미 희연을 바라보았다. 순영의 눈에도 물기가 배어들었다. 구태여 말을 나누지 않아도 서로 교감하는 깊은 언어들이 눈빛을 통해 스며들고 있었다.

"언니는 아이를 낳아서 기를 수 있는 여건이 아니라고 했어요. 정말 미안하지만 세상에 나오기도 전에 아기와 헤어져야 할지 모르겠다고 눈물지었지요. 수배당하는 처지에서 일반 병원에는 찾아갈 수 없어서 제가 알음알음 시술을 하는 곳을 찾아내 함께 갔었답니다. 후미진 골목길에 들어서서 시술소로 올라가는 계단 앞에 이르렀을 때 언니가 주저앉아 무릎에 얼굴을 묻고 어깨를 들썩였어요. 생명을 살리기 위해 운동을 한다는 사람이 그 이유로 아직 세상을 보지도 못한 또 다른 생명을 죽인다는 건 눈을 질끈 감아도 받아들이기 힘들다고, 천천히 하소연하더군요. 그날 검은 비닐봉지들이 날아다니는 그 골목길 허름한 계단에서 언니와 저는 서로 부둥켜안고 오래 울었어요."

하원은 올 때처럼 말없이 사라졌다고 했다. 순영은 아

이의 아비가 누구인지 묻지 않았지만, 하원이 남기고 간 편지가 순영이 입 밖으로 내지 않은 그 질문에 대한 답을 희미하게 품고 있었다.

42

순영, 생명이란 무엇일까. 우리가 이렇게 밤 골목길을 헤매며 저들을 피해 다니는 것도, 늦은 밤 피로한 몸을 끌고 서로 가르치고 배워 보려 한 것도 모두 결국은 그 생명들이 이 땅에서 저마다 제 몫의 평화를 누리는 세상을 만들기 위한 것 아니었을까. 순영. 나는 내 안에 자라고 있는 생명을 잔인하게 죽일 생각을 했어. 무조건 낙태를 반대하는 입장은 아냐. 내 안의 생명이 그 생명을 품은 생명을 위협할 때나 생존의 조건을 악화시킬 때는 어쩔 수 없는 게 사실이야. 병원에 가서 변변히 진료도 받을 수 없는 이런 환경에서 이 생명을 끝까지 품고 있을 자신도 없었고. 생명이 생명답게 자랄 수 없을 바에야, 차라리 사라지게 하는 것이 더 온당할 수 있다는 합리화를 했던 거지. 이 생명은, 이미 나 혼자 좌지우지할 수 있는 존재가 아니라는 사실을 애써 잊고 있었어. 불쑥 떠나게 돼 미안해. 나중에라도 순영이 안전하려면 이런 방식을 택하는 것이 최선이라고 생각했어. 미안해…… 고마워. 아직은 내게서 분리되지 않은 이 생명도 같은 생각일 거야. 요 녀석이 세상에 나오면 순영 이모가 얼마나 따스하게 엄마를 배려해 줬는지 꼭 말해 줄게. 잘 지내, 아프지 말고.

43

순영이 오래 간직하고 있던 편지를 꺼내 와 보여 주자 빛바랜 편지지를 조심스럽게 붙들고 읽어 내려가던 희연은 끝내 눈물을 흘렸다. 제 안의 오랜 설움이 얼굴도 본 적 없는 모성을 만나 끝내 눈물샘을 터뜨리고 만 것이다. 자신을 키워 준 어머니를 한 번도 의심해 본 적 없었다는 희연은 처음 만났을 때 친모라는 존재가 그리 중요한 것이냐고 물었다. 희연의 말이 틀리진 않다. 생모는 피와 살을 만들어 유전자를 물려주었을 뿐, 그 이상 의미를 찾기는 어려운 존재였다. 기억이 시작되기 이전부터 친모는 이미 지워진 사람이었고, 그녀의 의부가 작고하면서 사실을 알려 주기 전까지는 더욱이나 아무 의미 없는 존재였다.

이제 의모도 의부도 모두 저세상으로 떠난 뒤 명실상

부한 천애고아가 되어서야 고아가 아닐지도 모른다는 사실이 새삼스러워진 것이다. 그녀의 생모일 수도 있는 여성의 사망 흔적을 아직 뚜렷하게 발견하지 못했다는 사실은 희미하게나마 새로 싹트는 희망의 단초였다. 희연에게 하원은 이제 이승에서 그리운 존재의 상징으로 가슴에 스며들기 시작한 것이다.

44

순영을 만나서도 별로 얻은 건 없었다. 순영에게도 하원이 그 이후 다시 찾아온 적은 없었다. 하원이 어디로 갔는지 모르는 건 마찬가지였다. 희연이 얻은 건 있었다. 하원이 배 속의 생명체에 대해 극진한 애정을 지니고 있었다는 사실 말이다. 희연은 하원이 품었던 그 생명이 자신이라고 확신하는 듯했다. 희연의 지나친 감정이입일 수 있지만, 나는 그런 그녀를 내버려 두었다. 비록 착각일망정 누군가 자신에 대한 애정을 그리 극진하게 본능적으로 품고 있었다고 생각한다면 당연히 느꺼울 것이다. 그것만으로도 천애고아인 줄 알았던 자신이 위로받는 느낌이었을 것이다.

국숫집을 나와 서쪽 바다로 짙은 노을이 번지는 풍경을 보면서 방조제를 달렸다. 방조제 중간쯤에 이르러 다시 휴게소에 내려 바람이 머리칼을 희롱하는 바닷가에 섰다. 희연은 날리는 머리칼을 내버려 둔 채 파도 소리보다 더 크게 말했다.

"저는 그분을 반쯤은 만난 것 같았어요. 그 빛바랜 편지는 마치 미래의 저에게 미리 쓴 편지 같더군요. 어디에서라도 제발 그분이 살아만 있다면, 그렇다면 얼마나 좋을까요?"

"위로받았다면 그나마 다행인데, 그렇게 사라진 뒤로는 순영의 집에도 그 후론 다시 들르지 않았다니, 여전히 행방은 묘연하지 않은가……?"

희연은 답답함을 토로하는 내 말에는 더 이상 응대하지 않고 제방 둑길을 따라 천천히 걷기 시작했다. 그녀를 따라가려다 잠시 혼자 걷게 두기로 했다. 안타깝기로는 나보다 희연이 훨씬 더할지 모른다. 희연으로서는 존재의 뿌리를 찾는 일 아닌가. 제대로 젖 한번 물려보지 못하고 끌려갔을 여인과, 뒤늦게 그 여인의 온기를 가슴으로 느끼는 여성이 나누는 마음의 대화는 당사자가 아니라면 미루어 짐작하기조차 쉽지 않을 것이다. 하원이 월포 마룻장 밑에 묻어 놓고 간 편지 구절이 떠오른다.

'당신, 지금도 우리가 떨어져 있지만 교신하고 있는 것 맞지요? 언제쯤 돌아올 건지 타전해 주세요. 온 가슴을 열고 당신을 기다립니다. 어디까지 왔나요, 당신.'

그녀는 나에게 타전해 달라고 했다, 언제 돌아올 건지. 나의 타전은 그녀에게 닿지 못했다. 그녀의 애타는 타전 또한 나에게 이르지 못했다. 하원과의 교신은 쓸쓸하지만 끊어진 지 오래다. 세월이 마음의 유선을 녹슬게 만들었고, 이제는 복구조차 힘든 폐선이 돼 버렸는지 모른다. 정작 희연은 교신을 시도한 건 이제 시작이므로, 희연이 그녀를 간절히 생각하는 것만큼 교신의 강도는 더 선명하고 강렬할 것이다. 민감한 수신기를 지닌 희연이 하원의 흔적을 찾는 일에 나선 것은 다행스러운 일이다.

45

사망 가능성에 대한 조사

서울지방경찰청(과학수사계)에서 강하원의 연령과 신장이 유사한 신원 불상 변사자 영상 수배 자료 550명을 발췌하여 진정인에게 영상 사진을 판독하게 하였으나, 강하원에 대한 자료를 발견하지 못하였다. 위원회에서는 과거의 수사 결과를 토대로 전국 13

개 지방경찰청에 보관된 신원을 알 수 없는 변사 기록 1507건과 강하원의 인상 및 착의를 대조 조사하였으나 역시 강하원에 대한 자료를 발견하지 못하였으며, 국립과학수사연구소 보관 신원 불명 변사자 부검 기록(영구 보존) 중 강하원의 연령과 유사한 변사자에 대한 기록 27건을 확인하여 이 중 실종 시기 및 실종 장소와 관련하여 강하원일 가능성이 있는 신원 불명 변사자 부검기록 1건을 발견하였으나 보존 기관의 경과로 경찰서 변사 기록이 이미 폐기되어 지문 및 소지품 등을 대조할 수 없었고 변사체 가매장 장소에서도 개장 후 화장되어 유전자 검사를 실시할 수 없어 동일인 여부를 확인할 수 없었다.

46

발견하지 못하였다, 대조할 수 없었다, 확인할 수 없었다……. 의문사진상조사위원회의 사망 가능성에 대한 조사는 온통 할 수 없고 확인할 수 없었다는 결론으로 도배되어 있었다. 다행인 것은 하원의 사망 사실을 적시하지 않았다는 점이었다. 죽었다는 사실을 증명하지 못했으니 살아 있다는 말도 충분히 성립된다. 어떠한 흔적도 발견할 수 없으니 비록 그것이 희망 고문이라 하더라도 끝까지 포기할 수는 없는 일이다. 그 무렵 우리가 오랫동안 실종자를 찾고 있다는 사연을 접한 시사주간지에 장문의 기사가 실렸다. 기사를 쓴 주간지 차장급 기자는 내게는 대학 후배인 데스크를 통해 우리 사연을 접한 탐사 전문기자였다.

하원을 둘러싼 이야기가 '30년 만에 받은 편지'라는 제목으로 꽤 길게 소개됐다. 희연과 내가 월포 마룻장 밑에서 발견한 편지 내용도 일부 발췌돼 실렸다. 하원의 젊은시절 사진과 우리가 엠티 가서 찍었던 강변 단체 사진도함께 게재됐다. 이 기사가 단초가 돼 방송에서도 우리를찾았다. 희연과 나는 「궁금한 뒷이야기」라는 TV프로그램에도 소개됐다. 하원과 비슷한 얼굴을 지닌 여자를 보았다는 제보가 방송국에 몇 건 들어왔다. 이런 제보들은 으레 과장돼 있는 경우가 많아 크게 믿을 게 없다는 방송국사람들의 조언에도 불구하고 희연과 나는 그 제보들을 허투루 넘기지 않고 하나하나 꼼꼼히 검토하기로 했다.

47

방송에 나온 20대의 하원 사진과 흡사한 여자를 대

부도 해솔길에서 보았다는 제보가 먼저 들어왔다. 당시 20대라면 지금 50대 후반쯤 됐을 텐데, 그 나이에도 젊은 시절 얼굴 꼴이 많이 남아 있어 한눈에 그 여자를 알아보았다고, 제보자는 전화기 너머에서 말했다. 그 여자는 주말이면 어김없이 해솔길에 나타난다고 했다. 다리 한쪽을 심하게 절면서도 천천히 끝까지 바닷가 길을 걷는 모습이 인상적이어서 생생하게 기억이 난다고 했다. 대부도 해솔길은 순영이 운영하는 국숫집과도 그리 멀지 않은 곳이기도 하다. 희연과 함께 해솔길에 간 건 제보를 받은 주 토요일이었다.

해솔길 입구에서 매점을 운영하는 제보자는 가끔 길 전체를 돌며 사태져 무너진 곳이라도 없는지 돌아보곤 했다. 70대 중반쯤으로 보이는 그 노인은 자신이 관리자는 아니지만, 해솔길을 자신의 정원처럼 아끼는 마음에 자발적으로 관리에 나선 경우였다. 해솔길 입구에 앉아 한나절 내내 오가는 사람들을 살폈지만, 그날은 노인이 말한 여자가 나타나지 않았다. 만에 하나 그녀가 하원이라면, 어쩌다 다리를 절게 된 것일까. 심한 고문 후유증일까, 쫓겨 다니다가 높은 곳에서 떨어지기라도 했던 걸까. 어찌 됐든 그녀가 그녀라면, 살아만 있어도, 여한이 없다.

매점 입구에서 기다리다가 길을 걸어 보기로 했다. 산

위로 올라가 바다를 끼고 낙조 전망대로 내려오는 코스였는데, 돌아올 때는 바닷가 길을 걸었다. 얼추 두 시간 정도 걸리는 길이라는데 유난히 긴장해서 주위를 살피며 걸었던 탓인지 세 시간 가까이 걸렸다. 가다가 길 가운데 멍하니 멈춰 서기를 반복하다가 바닷가로 내려가 한참 동안 굴껍질로 가득한 해안을 유심히 살피기도 했다. 그녀가 떨어뜨린 흔적이라도 없는지, 작은 가능성에도 목을 매고 싶었다. 다시 산길을 걷다 보니 신갈나무 사이로 바다가 보였다. 그날은 서해도 제법 맑았고, 배들이 줄을 지어 하얀 거품을 길게 발자국처럼 남기고 먼바다를 향해 나아갔다. 매점 입구로 돌아왔을 때 노인은 차양을 거두고 돌아갈 채비를 하는 중이었다.

"미안허우. 내가 거짓부렁을 해 버린 꼴이 됐네. 주말만 되면 웬 남정네가 다리를 저는 여자를 부축해 저 길을 걷곤 해서 특별히 기억하는데, 여자를 극진히 보살피면서 둘이 걸어가는 모습이 참 보기 좋았수. 여자가 나이는 들었지만 얼굴은 환해서 사는 게 각박해 보이지는 않더라구. 하기야 그토록 옆에서 극진히 챙겨 주는 남정네가 있으니, 밥을 안 먹어도 배가 부르겠더구먼. 오늘은 만나지 못했지만, 다음에라도 나타나면 내가 붙잡고 당신들 말을 전해 주리다. 무슨 말을 할까?"

해솔길을 걷는 내내 말이 없던 희연이 노인의 말에 답했다.

"그분을 만나거든, 혹시, 오래전 갓난아기 하나 놓아두고 떠난 일은 없느냐구 물어봐 주세요. 그 핏덩이에게 젖한번 제대로 물리지도 못하고 사라진 어미가 있는데, 그런 사람을 알고 있느냐구요."

희연이 떨리는 목소리로 대뜸 아픈 이야기를 꺼내자 분위기가 급격히 가라앉았다. 서둘러 끼어들었다.

"다짜고짜 생판 모르는 분에게 그런 질문을 하는 건 결례겠지요. 그냥 김우연이라는 남자를 기억하시는지, 한번 물어봐 주시고 혹 알고 있다면, 이 명함 좀 전해 주세요. 미안합니다."

48

노인에게서 다시 연락이 온 건 그로부터 3주쯤 흐른 뒤였다. 초조한 마음으로 노인의 전갈을 기다리다가 참지 못하고 몇 번 노인에게 전화를 걸었지만, 그녀가 나타났다는 소식은 들을 수 없었다. 우리가 다녀간 뒤로 2주째 나오지 않다가 3주째 되던 주말에 해솔길에 나타났다는 연락을 받았다. 노인은 전화기 너머에서 그 소식을 가쁜 목소리로 전했다. 그녀에게 우리 일행 이야기를 전하고 내가 맡긴 명함을 건네자, 그 여자는 한참 동안 이름을 물끄러미 내려다보다 아무 말 없이 남자와 함께 천천히 사라졌다고 했다. 노인은 이제 자신이 할 일은 다 끝났다고 했다.

여자의 연락을 기다렸지만 한 주가 다 흘러도 기별이 없었다. 해솔길에 다시 가자고 채근한 건 희연이었다. 주말에 우리는 해솔길에 갔다. 매점 입구에서 기다리다가 다시 저번처럼 천천히 해솔길을 걷기 시작했다. 걷는 중간에 다리쉼을 하면서 지나가는 사람들을 살폈다. 나무들 사이로 흰 굴껍질 가득한 해변이 내려다보이는 길에 이르렀을 무렵, 그 바닷가를 천천히 걷는 남녀를 보았다.

여자는 파도 소리에 리듬을 맞춰 춤이라도 추듯 몸을 위아래로 부드럽게 움직이며 걷고 있었다. 남자는 여자가 춤을 추다 행여 넘어지기라도 할세라 가까이 붙어서 그녀의 어깨에 가볍게 손을 올린 채 느리게 함께 걸었다. 우리는 서둘러 나뭇등걸을 붙잡으며 바닷가로 미끄러지듯 내려갔다. 여자와 남자는 해변 끝에서 막 숲속으로 다시 들어가는 중이었다. 희연이 다급하게 뛰어가 그들 앞을 가로막고 섰다.

"잠깐만요. 갑자기 뛰어들어서 미안합니다. 죄송하지만 몇 말씀만 여쭐게요."

여자가 물끄러미 희연을 바라보다가 뒤쪽에서 멈칫거리고 있는 나에게 고개를 돌렸다. 하원, 그녀를 닮은 눈꼬리가 가느다랗게 양옆으로 좁혀지고 있었다. 서로 얼굴을 응시하는 동안 긴 침묵이 흘렀다. 곁에서 지켜본 이들에게는 짧은 순간이었겠지만, 적어도 나에게는 한 세월이 흐르는 길고 긴장된 순간이었다. 웃을 때면 왼쪽 볼에 살짝 들어가던 보조개도, 부드러운 콧날도, 두툼한 귓불도…… 아니었다. 다만, 한참 응시하다가 멋쩍게 눈웃음을 지을 때, 잠시 하원을 느꼈을 뿐이다.

"매점 노인분에게 받은 명함의 주인이시군요. 아니라고 연락드리기도 어정쩡해서 그냥 넘겼는데 오늘 이렇게 만났네요. 미안해서 어쩌죠."

곁에 서 있던 사내가 안쓰러운 눈빛으로 우리를 보았다.

49

매점에서 내려오는 바닷가 길목에 카페가 보였다. 희연은 잠시 걸음을 멈추고 안쪽을 기웃거렸다.

"위치가 참 좋네요. 이곳에서 바라보는 전망도 남쪽 저희 집 못지않을 것 같아요. 한번 들렀다가 갈까요?"

카페에 들어가 창 쪽에 자리를 잡았다. 서해라기보다는 남해나 제주 바다 풍경이랄까. 대형 벌크선이 천천히 지나간 자리에 희미하게 바다에 긴 선이 그어지고, 그 위로 갈매기들이 날았다. 카페 창 밑으로는 흰 굴껍질이 가득한 해변으로 바닷물이 쉼 없이 들락거렸다.

"대학을 졸업하고 취업할 자리가 마땅치 않아 방황하다가 아버지가 평생 마련해 놓으신 집을 팔아서 카페를 차렸어요. 카페 이름은 '탱자'라고 지었지요. 커피 중심이라기보다 제가 직접 만든 수제청을 손님들에게 알리고 싶었어요. 차별화가 성공했는지 저희 카페는 늘 손님이 끊이지 않았지요. 나이 드신 분들도 많이 오셨는데 그때마다 저를 딸처럼 귀여워해 주시면서 격려를 많이 해 주셨어요. 한두 해 흐르면서 단골들도 생기고 자리가 많이 잡히긴 했는데 어느 순간 도심에서 하루 종일 갇혀서 지내는 게 답답해지더군요. 그러던 중에 남쪽 바닷가 도시에 사는 손님 한 분에게서 지금 제가 문을 열고 있는 카페를 소개받았어요. 이곳도 욕심이 나네요. 2호점이라도 차려 볼까요? 서해의 '탱자'…… 어떤가요?"

처음 희연의 카페에 갔을 때 그 아이가 추천한 청귤차

가 생각난다. 달콤하면서도 새콤한 그 맛은 따뜻한 물과 어울려 가슴을 쓸어내리면서 안온하게 위무해 주는 느낌이었다.

"청귤차를 만들려면 감귤이 익기 전에 따낸 풋귤을 확보하는 일이 중요해요. 청귤을 얇게 편으로 썰어 낸 뒤 귤이 깨지지 않게 애기 다루듯 살살 설탕과 버무려 섞어 놓은 뒤 맨 위에 다시 설탕을 뿌려 밀봉해서 일주일 정도 보관하면 완성돼요. 아버지가 즐겨 드시곤 해서 어린 시절부터 마셨던 차예요. 아버지는 이 차를 만들 때마다 눈빛이 아득해지곤 했던 기억이 나요."

겨울에 하원이 강학으로 우리 방을 찾을 때마다 섬에서 올라왔다는 학강이 청귤청을 가져와 함께 차를 나누곤 했다. 그 방에 자극적이지 않으면서도 청량하게 감돌던 향기를 지금도 기억한다. 희연을 거둔 영수도 학강들이 모인 그 방에 감돌던 청귤의 향을 잊지 못했던 모양이다.

"아버지는 청귤이 나올 즈음이면 며칠씩 어디론가 떠났다가 무거운 귤 상자를 양손에 들고 돌아오시곤 했어요. 섬에 다녀오신 거 같았는데 그때 자세히 물어보지 않은 게 후회돼요. 아마도 잘 아시는 귤 농가가 있었던 것 같아요."

영수, 그 친구도 청귤에 오래 사로잡힌 걸 보면 하원을 잊지 못했을 것이다. 하원, 아니 처음부터 부재했던 연희라는 이름을 붙들고 그녀를 수소문해 본들 찾을 수 없었던 그녀가 잊힐 리 없다. 하물며 그녀의 어린 생명이 자라는 모습을 내내 곁에서 지켜보았으니 어찌 잊을까.

"찾는 사람이 아니라서 많이 실망했지요? 미안해요. 여기까지 헛걸음하게 만들어서……."

"저야 처음이지만, 선생님은 그동안 수없이 이런 실망을 하셨을 텐데 그때마다 어떻게 견디셨을까 싶네요. 너무 오래 그분에게 집착하시는 건 아닐까요?"

"그랬지요. 많이 고꾸라지고 실망하고 그때마다 술독에 빠지기도 했지요. 물론 나도 많이 지쳐서 희연 씨가 나타기 전까지는 가슴속에서 희미해져 갔어요. 그녀를 닮은 희연 씨를 만나고 나서 새로운 실마리들이 풀리기 시작하면서 다시 가슴이 더워진 거죠. 오랜만에 차오르는 이 느낌이 반갑고, 쉽게 포기하고 싶진 않아요. 실망이라기보다 이제 새로 시작하는 그런 기분입니다."

50

희연은 그날 카페에서 엄마는 가끔 꿈을 꾸듯 연애 시

절을 회고하곤 했다고 말했다. 한반도 남쪽 내륙에서 가장 추운 곳이어서 따스한 봄볕을 이름으로 삼은 춘양, 그곳에서도 태백산맥 쪽으로 더 들어간 희연의 유년기 집 주변은 온통 사과밭 천지였다. 계곡으로 물이 1년 내내 흘러가고 그 주변으로는 봄이면 매화에 이어 사과꽃이 만발했다. 처음에는 진분홍색을 띤 꽃봉오리가 솟고 점차 벌어지면서 색이 점점 연해지다가 만개할 때는 거의 흰색으로 변했다.

그즈음이면 하얗게 변한 계곡 주변 사과밭 천지에 들어서면 마음도 표백된 듯 맑고 순해지게 마련이다. 꽃들이 져서 땅을 덮을 때는 하얗게 눈이 내린 듯했다. 그들은 영수가 서울 프레스 공장으로 일하러 떠나기 전까지만 해도 사과밭길에서 만나 자주 산책하곤 했다. 희연을 세상에 받아 냈다는 할머니는 허리가 거의 기역자로 굽어서 낮은 사과나무 터널을 다른 이들은 허리를 구부리고 걸어야 했지만, 그분은 아주 자연스럽게 자신의 길인 양 사과나무들 사이를 뒤뚱뒤뚱 걸었다고 희연은 찬찬히 말했다.

사과청을 만들고, 사과차를 마시고, 어린 나이에 몰래 사과주를 훔쳐다가 얼굴이 불콰해질 정도로 그들끼리 만나 몰래 홀짝거렸던 추억도 엄마는 들려주었다. 사과주밖에 모르던 영수가 서울에 다녀오더니, 그 산골에서는 접하기 힘든 청귤차를 구해다가 아련한 표정으로 향을 음미하곤 했다. 그 모습이 몹시 낯설었지만, 서울에서 어떤 일이나 사람을 가슴에 담아 온 거라고 엄마는 막연히 짐작했다고 했다. 그녀의 예감은 적중했다. 결국 갑자기 나타난 서울 처자가 젖먹이를 안겨 주고 행방이 묘연해진 사태를 지켜보아야 했다.

많이 슬펐지만, 알고 보니 아이를 낳은 여자와 결혼한 것도 아니고, 젖먹이도 영수의 소생이 아니었다고 했다. 수긋하고 바보처럼 착한 영수가 그 젖먹이를 그대로 키우겠다고, 그 여자가 언젠가 다시 나타나 데려갈 때까지 보육원에는 보내지 않겠다고 고집을 부린다는 소리를 듣고, 또 한번 절망했다고 했다.

사과꽃 철이면 향기만 맡아도 가슴이 뛰는 걸 어찌할 수 없듯, 애틋한 그 남자를 품으려면 아이까지 함께 떠안을 수밖에 없었다고 했다. 그녀가 희연의 유년기에 이 이야기를 그대로 들려준 건 아니라고 했다. 사과청과 사과주를 좋아하던 영수가 서울에 다녀온 뒤, 청귤차에 꽂힌 남자가 됐다는 사실만을 그리 언급했을 뿐이다. 그녀에게 희연은 어떤 존재였을까. 희연은 미안하고, 고맙고, 그립다고 했다. 그녀가 죽은 뒤 앞을 보지 못하는 남동생의 눈이 돼 주기로 희연이 강력하게 마음을 다잡은 건 다 그 여자의 공덕일 것이다.

51

희연이 언제부터 나를 그렇게 바라보았는지는 정확하지 않다. 희연이 나를 볼 때면 정면으로 눈빛이 부딪치는 걸 피하는 듯했다. 어쩌다 마주친 희연의 눈에는 안타까운 물기가 어려 있곤 했다. 희연이 그런 변화를 보인 건 고정희의 시를 인용한 하원의 편지를 보면서부터였을 것이다.

하원이 인용한 시가 상징적인 비유에 불과한 것은 아니었다. 우리는 그곳, 세상 끝에서 체온으로 서로를 덮혔으며 두 우주가 만나 깊숙이 스며들었다. 그 습합이 생명의 씨를 발아시켜 바야흐로 또 하나의 새로운 생명이 질기고 긴 생의 희비극에 합류하게 만들었을지 모른다. 희연에게 희연아, 라고 부르지 못하는 것은 그 거대한 생명의 강에 물 한 방울 보탰다고 함부로 나서서 그 강물을 소용돌이치게 할 수는 없기 때문일지 모르겠다. 아쉬울 것도 미련을 가질 것도 없다. 다만 잘 흘러가도록 곁에서 지켜볼 따름이다.

52

희연은 한 번도 본 적 없는 이가 머물다 사라졌다는 월포의 그 집을 다녀온 뒤 처음에는 그저 먹먹했다고 말했다. 아득하고 쓸쓸한 느낌이 내내 슬픔처럼 떠나지 않아서 한동안 힘들었다는 말도 했다. 사진 속 여자의 젊을 적 모습은 환하고 싱그러웠다. 밝게 웃는 표정 어디에서도 훗날의 비극을 예감한다는 건 불가능한 일이었다. 이제 와서 낳아 준 엄마라는 게 어떤 의미가 있을까, 이 생에 와서 생물학적으로 연결됐던 흔적 말고 어떤 의미를 찾아야 하는 걸까, 부질없고 새삼스럽고 서러워서, 처음에는 따라나설 생각 같은 건 들지 않았다고 했다.

희연에게 영수는 잔정이 많은 사람은 아니었던 것 같다. 동생에게도 마찬가지였다. 그렇다고 매정한 건 아니어서 매번 집을 비웠다가 돌아올 때면 작은 선물을 챙기는 것을 잊지 않을 정도로 성실하게 자신의 의무를 다하는 편이었다. 병실에서 저간의 사정을 조근조근 들려줄 때처럼 길게 대화를 나눠 본 적은 없었다. 이런저런 말을 붙여 보려고 애쓰는 나를 두고 아버지보다는 말이 많은 편이라고 했다. 희연은 월포 그 바닷가 방에 이르렀을 때 내가 했다는 말을 복기했다. 그곳은 내내 잊지 못하는 내 마음의 성지 같은 곳이라고 했던가.

좀처럼 잊지 못할 개인의 성지 같은 게 있을 수 있다는 말은 조금 느끼했다고, 희연은 희미하게 웃었다. 항상 잊지 않기는 어렵겠지만, 자주 그곳이 온전한 형태로 기억된다는 뜻이었다. 추억의 원형질이라고나 할까. 희연에게 그런 공간은 어린 시절을 보낸 춘양일 것이다. 누가 뭐래도 엄마 아빠였던 그들과 함께 추운 겨울 화사한 봄을 보낸 그곳의 풍광과 바람이야말로, 희연을 키운 원형질일 터이다. 희연을 세상에 뿌린 존재들이란, 바람 속 태곳적 소문 같은 것일지 모른다.

53

두 번째 제보 역시 공교롭게도 바닷가 둘레길이었다. 희연과 함께 다녀왔던 월포에서 그리 멀지 않은 곳이었다. 해변 언덕에 목조 펜션을 지어 놓고 매번 바뀌는 서해의 풍경을 페이스북에 올리길 좋아하는 주인장이 사진 한 장을 메신저로 보내왔다. 그가 우리의 사연을 페이스북에 올려놓았고 많은 이들이 반응을 보인 터였다. 그가 보낸 것은 자신의 펜션에 묵었던 손님들과 함께 찍은 사진이었다.

사진 속에서 부드럽게 웃고 있는 얼굴이 과연 우리가 방송에서 보여 주었던 하원과 많이 닮아 있었다. 하원을 닮은 여성 옆에서 남자가 입을 크게 벌리고 웃고 있었다. 남자 뒤에서도 여성 한 명이 웃음을 꾹 눌러 참느라 금방이라도 쓰러질 듯 구부정하게 허리를 숙인 채 카메라를 바라보며 묘한 표정을 짓고 있다. 일행이 모두 정면을 바라보며 웃는 표정인데 그 여성은 시선을 비스듬히 사진 모서리 바다 쪽으로 두고 있다. 무심한 듯하지만, 눈길은 깊었다. 사진 속에서 모두 웃고 있는데 그녀만 저리 차분한 이유는 무얼까. 무슨 말들이 오갔던 걸까.

펜션 주인은 그 여성이 지난봄에 다녀가면서 여름이나 가을쯤 다시 한번 오고 싶다는 말을 남겼다고 했다. 그 여자에게서 숙박 예약이 다시 들어오면 우리에게 알려 주겠다고, 메시지를 남겨 놓았다. 가슴속에 깊이 들어앉는 월포 바닷가, 그 기억의 성소 인근에 하원을 닮은 여자가 다녀갔다는 사실은 지난번 제보보다 훨씬 더 크게 심장을 뛰게 만들었다. 하원이 살아 있다면, 그녀 또한 그 집을 어찌 잊을까. 시간의 비바람이 아무리 광포하게 훑고 지나갔어도 그 집은 석양에 불타는, 빛으로 가득한 늠연한 성소인 것을. 희연에게 흥분된 목소리로 당장이라도 내려

가자고 서두른 것은 그런 감정 때문이었을 것이다.

희연은 해솔길을 다녀오고 많이 침체돼 있었다. 그녀는 전화기 너머에서 가라앉은 목소리로 말했다. 이제 조금 쉬자고, 30년이 지나도록 한 가닥 실마리도 남기지 않았던 분이 하루아침에 그리 쉽게 나타나리라고 생각한 것은 환상이었을지 모른다고. 너무 내 감정에만 빠져들어 희연의 상태를 미처 세심하게 살피지 못했던 것 같다. 30년 넘게 기다린 세월에 그리움의 근육이 단련된 나에 비해 희연은 작은 진동에도 몸살을 앓을 수밖에 없는 마음일 것이다.

54

하원을 닮은 사람이 나타났다는 이야기를 처음 들었을 때만 해도, 희연은 기대가 컸던 모양이다. 광장에서부터 시작된 이상한 행군이 의외로 쉽게 끝날지 모른다는 희망에 들떴고, 한편으로는 초조하기도 했을 터이다. 희연에게 뼈와 살을 주고 지금도 쉬지 않고 흐르는 피를 처음 만들어 준 장본인을 만나면, 보는 순간 전달될 특별한 텔레파시 같은 게 있을까, 말로 설명은 못하는 그 무엇이 명치

끝에서 밀어 올리는 뜨거움에 잠시 숨이라도 막히게 될까, 희연은 두렵고 벅찼다고 했다.

흰 굴껍질 가득한 해변에서 얼굴을 돌린 그 여인은 희연에게 낯설었다. 태어나 기억이란 게 형성되기 시작할 때부터 한 번도 보지 못한 얼굴이니 당연히 낯설 수밖에 없을 테지만, 나까지 망연히 서 있다가 털썩 쓰러질 것처럼 기운이 빠진 얼굴로 돌아설 때 극심한 현기증이 몰려왔다고 했다. 우리는 그리움이 만들어 낸 판타지에 갇혀 현실로 나오지 못한, 혹은 나오기를 거부한 미아들일지도 모른다.

카페를 자주 비우는 것도 조바심이 났을 터이다. 청귤청을 담을 시기인데 이 시기를 놓치면 풋귤을 구하기 어렵다. 청귤은 제주 고유 품종으로 다른 감귤과는 달리 꽃이 핀 이듬해 2월까지 껍질이 푸르며 3~4월쯤 황색으로 익는다. 『조선왕조실록』에 청귤은 중품으로 제사용과 손님 접대용으로 이용했고, 『탐라지』에도 청귤의 껍질을 한약재로 사용했다는 기록이 있다. 제주도에 남아 있긴 하지만 수량이 많지 않다. 육지에서 내놓는 청귤차는 대부분 풋귤로 만든 청을 활용한다.

이 풋귤은 1년 중 8월 한 달에만 딸 수 있어서 익은 귤이 되기 전에 부지런히 확보해 두어야 한다. 양질의 감귤

을 얻기 위해 솎아 낸 풋귤을 활용하기도 했으나 최근에
는 아예 청귤 수요에 대비하기 위해 농사를 짓는 귤 농가
도 생겨났다. 플라보노이드 성분이 겨울에 수확하는 귤보
다 열배 이상 들어 있을 뿐 아니라 카로티노이드 성분과
팩틴이 함유돼 노화를 예방하고 혈관을 깨끗하게 해 주
는 효능이 알려지기 시작해 청귤차는 근년 들어 인기가
높다. 대중의 인기가 올라가기 훨씬 이전부터 영수는 청
귤차를 좋아했다고, 청귤청 담는 방법도 그에게 배웠다고
희연은 말했다.

　너무 작지도 크지도 않은 풋귤들을 확보하면, 우선 꼼
꼼하게 씻어야 한다. 물기를 잘 제거하고, 혹여 물기가 남
으면 곰팡이로 발전할 우려가 있으니, 적당한 두께로 칼
질을 해야 한다. 너무 얇으면 청이 숙성되는 과정에서 물
러 버리고 너무 두꺼워도 모양이 나질 않는다. 초록 껍질
과 노란 속살이 어우러진 청귤편은 싱싱한 아름다움의 상
징이다. 그 초록 귤을 자르고 있으면 방 안이 청귤향으로
가득 찼다. 희연에게 그 향은 아버지의 체취이기도 했다.
목수 아버지의 체취가 청귤향이었다니, 조금 엉뚱하긴 하
겠지만 희연의 생명을 거두어 준 그는 그 향기만큼이나
담담하고 선한 사람이었다.

　채칼을 써서 자르는 사람도 있다는데, 그건 위험하다.

잘못하면 손가락을 베기 십상이다. 피와 땀이 청에 배어들면 향이 훼손된다. 채를 썬 청귤을 유리병에 담고 설탕을 가득 부어 잘 섞은 뒤 위에 다시 설탕을 뿌리고 뚜껑을 닫은 뒤 일주일 정도 숙성시키면 청귤청이 완성된다. 설탕 대신 올리고당을 넣으면 덜 달고 건강에도 좋다지만, 그냥 설탕을 고집했다. 진한 당도와 향이 어우러지는 강렬함은 올리고당으로는 감당하기 어렵다. 겨울로 접어들면 카페에서 청귤차를 찾는 이들이 부쩍 늘어난다. 그들에게 청귤 향 가득한 잔을 내놓을 때마다 내 집에 찾아온 이들을 대접하는 뿌듯한 느낌이 찾아온다. 처음 남해의 카페를 찾았을 때 청귤차를 청하는 내가 반가웠다고, 희연은 말했다.

55

광장에서 희연을 처음 만난 이래 함께 월포를 다녀왔고, 틈날 때마다 따로 만나 차를 마시며 하원에 대한 이야기를 나누었다. 이 과정에서 나도 모르게 내 감정만을 희연의 상태에 투사해 온 건 아닐까. 기대가 너무 컸던 것인지도 모른다. 나는 이미 30년 가까이 이 지루한 자맥질을 반복해 오지 않았던가. 희연은 이제 겨우 그 초입에서 한 번의 너울 파도에 휘청거린 것이다. 그리움의 멀미에 익숙해지려면 더 많은 멀미를 겪어야 한다. 멀미는 익숙해질 수는 있으나 원천적으로 극복하긴 힘들다.

펜션 주인으로부터 연락을 기다리기보다 먼저 찾아가 최소한의 궁금증이라도 푸는 게 나을 성싶었다. 희연이 함께 가지 못하는 건 아쉽지만, 언제부터 그 아이와 늘 동행했던가. 하원의 가족은 물론 선후배들과 함께 그녀의 종적을 찾다가 모두 지쳐 포기한 뒤 초혼장까지 치르고 난 뒤에는 가끔 이렇게 혼자서 다니곤 했다. 그녀를 찾으리라는 희망은 거의 사라진 상태였지만, 그녀와 연관된 공간에 가면 잠시라도 일상의 지친 마음을 달랠 수 있었다. 그녀와 둘이서만 머문다는 느낌은 거짓말처럼 젊은 그 시절의 따스한 감정을 이끌어 냈다.

펜션 주인은 수목원 일 때문에 제주로 출장을 가고 없었다. 펜션 인근 해변에 위치한 사유지를 수목원으로 가꾸는 일에 오래전부터 매진해 온 그는 이제 제법 그럴듯한 공간으로 변한 그곳을 최종 완성하는 일에 힘을 쏟고 있었다. 실제 이름인 것 같지는 않지만, 고씨 성을 가진 그는 '나무'로 불렸다. 고나무 원장이 제보한 하원을 닮은 숙박객 연락처는 그의 조카가 대신 지키고 있는 카운터에서 확보했다. 예약 기록에 남겨진 번호로 전화를 걸어 잃어버린 가족을 찾는다는 사연을 전하며 한 번 만나기를 청하자 여자는 순순히 응했다. 여자는 소읍의 여자고등학교 교사로 살고 있었다.

"실제로 사진을 보니 그분과 제가 많이 닮기는 했네요. 혹 우리가 쌍둥이였을지도 모르지요. 제가 어렸을 때 교육자 집안으로 입양됐어요. 저를 키워 주신 어머니가 살아 계셨으면 더 자세히 여쭤 볼 수 있겠지만, 그분도 제 뿌리까지는 잘 모르고 계셨을 수도 있고요."

여자는 정갈하고 흔들림 없는 표정으로 차분하게 말했다. 단아한 기품이 몸에 밴 듯했다. 젊은 시절에도 하원처럼 맑은 얼굴을 지녔을 법하지만, 여자는 그녀보다는 조금 더 차분하고 근엄한 분위기를 풍겼다. 교육자 집안에서 양육돼 오랜 세월 교사로 살아온 분위기가 그렇게 만들었을까.

따지고 보면 모든 죽음은 의문사일지 모른다는 생각을 내내 해 왔지만, 우리가 태어난 것 또한 분명한 경로를 알 수 없는 의문의 출생일지도 모른다. 입양이 아니라도, 생부 생모가 분명하다고 하더라도, 어떻게 그들의 몸을 통로 삼아 이 세상에 나오게 됐는지 명확하게 규명할 사람은 아직 없다. 태어난 맥락을 모르니, 언제 어떻게 사라질지 모르는 것도 당연하다. 두 눈으로 명징하게 사라진 흔적을, 그 육신의 거푸집을 목격한다고 해도, 따스한 숨을 쉬는 생명체가 아닌 이상 흔적을 찾을 수 없는 그녀의 상태와 무엇이 다를까.

56

방송을 보고 엉뚱하게도 연전에 함께 이란을 갔던 정화백에게서 연락이 왔다. 회사 컨테이너선에 동승해 이란까지 가서 함께 그곳 옛 페르시아 땅을 둘러보는 기회가 있었다. 먼바다를 오가는 선원들의 애환을 취재하고, 페르시아의 이국 정취를 함께 담아 전하는 창간 기념 사보 기획물이 나에게 할당된 경우였다. 회사원이기도 하지만 어쭙잖게 함께 지닌 소설가라는 타이틀이 이 기회를 안겨 주었다. 그때 정 화백은 페르시아 땅의 풍물을 스케치해 사진 대신 그림으로 글을 돋보이게 했다.

오랜만에 만난 정 화백은 그사이 정수리가 더 벗어져 베레모를 쓰지 않을 수 없는 처지였다. 그의 사람 좋게 생긴 눈매와 허허거리는 품이 예술가 느낌을 자아내기 충분했는데, 베레모까지 쓰고 다니니 누가 보아도 첫눈에 화가였다. 퇴근 후 회사 앞 추어탕 집에서 그를 만났다.

"김 형. 그리 깊은 사연이 있었구먼. 이란에서 줄곧 쫓았던 그 여자가 궁금했는데 방송을 보니 짐작이 갑다. 이란에서 우리가 뒤를 쫓다가 놓치곤 하던 그 여자가 지금 보니 방송에 나온 얼굴과 윤곽이 비슷했던 것 같아. 진즉에 구체적으로 나한테 이야기해 줬으면 그때 더 적극적으로 협조하는 건데…… 미안하네."

이란에서 돌아온 후 정 화백이 시라즈의 에람 정원을 배경으로 나를 그린 그림을 기념으로 주었다. 나중에 보니 그 그림 속 한편에 그때 쫓았던 하원을 닮은 여자가 조그맣게 그려져 있었다. 그녀를 쫓다가 놓친 뒤 내가 너무 아쉬워하고 안타까워하던 모습을 기억하고 내게 보인 정 화백의 작은 호의였을 것이다. 희연에게 보여 주고 싶은 그림이다.

우리가 도착하던 날, 시라즈 공항에 밤비가 내렸다. 메마른 땅에 내리는 단비였다. 활주로가 유도등 불빛에 번들거렸다. 작은 공항 청사는 비에 젖은 채 먼 곳에서 온 객들을 맞았다. 오월의 대기는 맑았고 가늘게 내리는 비는 소리도 내지 않았다. 검은 하늘은 활주로에서 쏘아 올린 조명으로 희붐했다. 우리를 태우고 테헤란에서 날아온 비행기 동체에는 'Mahan Air'라는 항공사 이름이 큼지

막하게 새겨져 있었다. 우리말로는 '달 항공'이다. 달에서 출발해 우주의 어느 공간에 아직 현존하는 페르시아의 심장에 타임머신이라도 타고 도착한 것일까.

시라즈는 테헤란에서 남서쪽으로 900킬로미터가량 떨어진 이란 남서부 도시다. 예로부터 시라즈는 '페르시아의 심장' 혹은 '페르시아의 얼굴'로 알려져 왔다. 광대한 문명 세계를 장악했던 페르시아의 본향인 셈이다. 전성기 페르시아 영토는 인도에서 유럽과 아프리카 북부까지 걸쳐 있었다. 중국을 제외한 모든 문명권을 장악한 말 그대로 제국이었다. 중국에서는 페르시아를 '파사'(波斯)라고 기록했다. 페르시아라는 명칭은 본디 지금 이란 남부 지역인 '파르스'에서 유래했다. 파르스의 중심 지역이 바로 '시라즈'였다.

시라즈는 정원에 가득한 꽃과 시인들의 향훈으로 이방인을 맞았다. 우리가 시라즈에서 눈을 뜬 첫날 제일 먼저 방문한 곳은 박물관이나 고성이 아니었다. 한국에서 출발할 때부터 시라즈에 가면 가장 가슴 설렐 공간으로 떠올린 곳은 바로 '천국의 정원'이었다. 꿀과 우유와 물과 술이 흐르는 파라다이스가 그곳이었다. 시라즈 '에람 정원'은 유네스코 세계문화유산으로 등재된 곳이다. '에람'은 페르시아어로 '천국'을 의미한다.

페르시아의 정원들은 대부분 일정한 형태를 띠고 있다. 가운데에 연못을 파고 이곳을 기점으로 정확하게 네 방향으로 흘러가는 물길을 만든다. 페르시아에서 천국의 개념은 물과 꿀과 우유와 술이 흘러넘치는 곳이거니와 이 네 물길은 바로 하늘에서 내린 이 네 가지 음료를 상징한다. 파라다이스의 어원이 페르시아 가든이라는 의미의 '파사라가드'에서 나왔다고 하니 페르시아 정원은 낙원을 지향한다는 얘기다. 프랑스의 베르사유궁전도 페르시아 가든을 모방해서 지은 것이다.

정문을 지나자 곧바로 화사한 궁전이 보였다. 이 건물 앞에는 사각의 큰 연못에 가득한 맑은 물이 궁전을 비춘다. 이 연못에서 네 방향으로 길게 물길이 뻗어 나간다. 물길 사이로는 싱그러운 수목들이 숲을 이루고 있고 사이사이로 꽃들이 화사하게 얼굴을 내밀었다. 연못에 이르러 서둘러 사진 찍기에 바쁜데 동양에서 온 이방인을 정원보다 더 흥미로워하는 이란인들이 많았다. 검정 로사리를 쓴 중등학교 또래의 여학생들이 우리를 따라다녔다. 이란 지역에서 방영된 한국 드라마 영향으로 동양인, 그중에서도 한국인은 그들에게 신기하고 흥미로운 이방인이었다. 가족끼리 온 사람들이 과감하게 함께 사진을 찍자고 청했다. 한결같이 그늘이 없어 보이는 흔연한 미소를 머금거나 환하게 웃는 표정이어서 정겨웠다.

물길의 한 방향을 따라 걷기 시작했을 때 먼저 눈길을 사로잡은 곳은 석류 숲이었다. 따뜻하고 맑은 주홍 석류꽃이 연초록 나뭇잎들 사이로 빛나고 있었다. 국내에서는 구경하기 힘든 석류나무가 숲까지 이루고 있으니 감흥이 솟구칠 수밖에 없다. 검게 휘어 올라가는 그리 굵지 않은 나무둥치들 위로 석류 이파리들이 연록의 포장막이라도 친 듯 하늘을 가렸다. 지난밤 내린 비로 석류 잎들은 물기를 머금고 있었다. 그 석류 숲에서 처음으로 노란 히잡을 쓴 그 여인을 보았다.

석류 숲을 돌아 북쪽으로 난 물길로 방향을 틀었다. 천상에서 이 물길에 흘려보내는 음료는 꿀인가 우유인가, 물인가 술인가. 천국을 지상에 조성한 페르시아 사람들의 기개와 염원이 활짝 피어난 장미 덤불 속에서 오롯이 피어났다. 붉은빛을 한껏 과시하는 덩굴장미에서부터 주먹만 한 크기의 짙은 보라색 장미, 연분홍 수줍은 듯한 앙증맞은 작은 송이에 이르기까지 다양한 장미들이 드넓은 잔디밭을 메웠다. 시라즈대학교 원예학과 학생들이 개발한 개량 장미들이 널려 있었다. 우리가 흔히 접하는 장미들은 동양과 서양에서 각기 야생으로 자라던 것들이 서로 만나 탄생한 수많은 개량종 중 일부일 뿐이다. 장미도 실크로드를 오가며 세월 속에서 다양하게 변모했다.

장미들을 굽어보는 사이프러스도 페르시아를 지켜본 오래된 종의 증인이다. 사이프러스는 페르시아어로 불멸 혹은 영원, 생명을 의미한다. 페르시아 옛 부조를 보면 사이프러스가 단골로 등장한다. 페르시아 제국의 각 나라들이 조공을 바치는 행렬에도 사이프러스가 각 부족을 나누는 칸막이 역할을 한다. 중국 산둥성 칭다오 태청궁에 있는 사이프러스는 2000살을 헤아린다. 20미터는 넘어 보이는 사이프러스들이 장미와 석류와 하늘의 음료가 흐르는 물길을 적요롭게 굽어보며 산책하는 인간들을 사열했다.

고단한 다리를 달래기 위해 에람 정원 찻집에 들렀다. 초입의 석류 숲길에서 만났던 여학생들이 제비처럼 떠들다가 일제히 우리를 반겼다. 검은 히잡으로 얼굴만 내놓고 머리와 귀를 가리긴 했어도 10대 특유의 활달함마저 가리진 못했다. 아이들이 우리와 동행하며 내내 통역을 담당한 강 박사에게 주로 물어본 내용은 한국의 아이돌 근황을 아느냐는 것이었다. 이란에도 한류 바람이 불어서 웬만한 드라마는 물론 케이팝 가수들까지 줄줄이 꿰고 있었다. 그들에게 나이 든 우리 일행조차 동양인, 그것도 한국에서 온 사람들이라는 이유 때문에 환호하는 대상이었다. 까만 히잡을 쓴 명랑한 제비들이 우리 주변에 모여들어 밝은 미소를 띤 채 일제히 사진을 찍었다. 우리는 잠시 한국에서 날아온 늙은 아이돌이었다. 노란 히잡을 쓴 여인을 시인들의 영묘에서 다시 만났다.

천국을 모방한 시라즈의 에람 정원을 나와 우리가 찾아간 곳은 시인들의 무덤이었다. 페르시아는 시인을 섬기는 영토였다. 입으로 떠받드는 게 아니고 가슴으로 몸으로 직접 시인을 모시는 풍토가 시민들의 문화에 뿌리 깊이 스며든 곳이다. 이란 북서부에서 강진이 발생해 300여 명이 죽고 수천 명이 다쳤을 때 국영방송 앵커는 "세상은 한 몸. 누군가 아프면, 모두가 아프다."라는 사디의 시를 오프닝 멘트로 날린 뒤 뉴스를 진행했다. 이란 사람들은 가족 간 대화나 길거리 언쟁에서도 시 한 줄로 마음을 드러내는 일이 흔하기 때문에 이런 멘트에 익숙하다. 시를 통해 청첩과 부고도 하고 매일 컬러 지면에 시를 싣는 신문도 있다.

로크나바다 강변 하페즈 영묘 앞에 새점을 치는 이들이 여럿 보였다. 이들은 하페즈의 시들을 종이에 한 편씩 인쇄해 꽂은 박스 위에 앵무새를 올려놓고 고객이 돈을 내면 하나를 새에게 뽑아 내게 했다. 강 화백에게 앵무새가 건네준 종이에는 페르시아어로 쓰인 시와 화려한 색감의 남녀 그림이 있었다. 그 시의 점괘는 '사랑하는 사람에게 더 이상 망설이지 말고 고백하라.'는 메시지였다. 환갑이 낼모레인 강 화백은 들뜬 목소리로 크게 웃었다. 망설이는 나에게도 강 화백이 앵무새에게 물어볼 것을 강권했다. 앵무새가 머리를 이리저리 돌리다가 고개를 숙여 부리로 찍어 내 꺼낸 시에는 '천국의 문이 열릴 것이니 때를 기다리라.'는 메시지였다. 해석하기에 따라서는 불길한 느낌도 없지 않았지만, 천국이 단지 죽은 이후의 세계를 가리키는 것만이 아니라 지금 이곳의 행복과 행운을 의미하는 것이기도 하여서 앵무새 머리를 쓰다듬어 주었다. 그 메시지는 천국에서 마실 나왔을지도 모를 노란 히잡 쓴 여인을 만나리라는 암시였을까.

비 내리는 하페즈 영묘는 시인을 기리는 사람들이 끊이지 않는 아름다운 정원이었다. 그들은 줄을 지어 시인의 대리석 관 위에 장미를 올리고 손을 얹은 뒤 간절히 기도했다. 우리도 그들 틈에 끼여 수많은 이들의 손을 타서 반들반들해진 대리석 관 위에 손을 얹고 기념사진을 찍었다. 우리가 자리를 뜨자 페르시아인들이 강 박사에게 신기한 듯 물었다. 저들은 시인에게 무엇을 빌었느냐고. 단지 사진을 찍기 위한 포즈를 취했을 뿐이라고 설명해도 그들은 전혀 믿지 못하겠다는 듯 재우쳐 물었다. 그들의 시인 사랑을 관광객의 구경거리로 폄하한 것 같아서 미안했다. 그들은 시인의 영묘를 에두른 담 밑을 거닐며 시를 낭송했다. 그들 사이에서 노란 히잡의 여인을 보았다. 서둘러 쫓아가 보니 그 여인은 담장 밑을 종종걸음으로 걸어 샛문 사이로 빠져나가고 있었다. 샛문 바깥에는 아무도 없었다.

비 내리는 시인의 집을 떠나 페르시아의 밤을 연주하는 식당으로 향했다. 비는 에람 정원에서 하페즈의 영묘까지 내내 따라다녔다. 시라즈 사람들에게는 단비라는데 우리에겐 서글픈 가랑비로 다가왔다. 그날 밤 페르시아 전통음악을 연주하는 식당에서의 감상이 그런 감정을 부추겼을 것이다. 바이올린과 산투르와 북이 합세하고 늙은 대머리 남자가 노래를 부르는 전통음악 식당이었다. 정수리 부분이 비어 있는 50대 후반쯤으로 보이는 이 남자는, 무선 마이크를 쥐고 흥겨운 가락과 리듬이 반복되는 노래를 불렀다. 아직 이른 저녁이라 좌석은 가득 차지 않았지만 외식을 나온 시라즈 시민들과 외래객들로 이루어진 관객들은 몸을 좌우로 가볍게 흔들고 손뼉을 치면서 노래에 화답했다.

노란 히잡은 하원을 닮은 여인만의 것은 아니었다. 금발의 중년 여인이 정면에서 노란 히잡을 쓰고 제법 관능적인 몸짓으로 손뼉을 치며 리듬에 맞추어 몸을 좌우로 흔들었다. 이란 여인들은 대부분 검은 히잡을 쓰지만, 외국에서 온 이들이 주로 빛깔이 화려한 히잡을 쓴다고 했다. 노란 히잡은 흔치는 않았지만 어디에나 있었다. 모든 테이블에 알코올이라곤 한 방울도 없는데 음악에 맞추어 흥겹게 박수를 치고 몸을 흔드는 모습이 신기했다. 이 지역의 음악에는 정서를 자극하는 슬픔이 바닥에 깔려 있었다. 본디 인간의, 인류의 깊은 저장고에 내재된 흥은 이리 자연스럽게 발산될 수도 있는데 굳이 알코올이라는 액체에 관성처럼 의존해 왔던 걸까. 알코올 독에 빠져 상실감을 채워 온 일상이 새삼스레 비감해졌다.

시라즈를 떠나 이스파한으로 가는 길에도 내내 비가 내렸다. 평원 끄트머리 산맥이 안개에 덮여 희미했다. 비는 내리는데 날은 저물어 가고 가도 가도 끝이 보이지 않을 것 같은 외길만 길게 지평선 너머로 이어졌다. 트럭이 자욱하게 물보라를 일으키며 앞서 달려갔다.

우리가 당도한 이스파한의 저녁은 신을 기다리는 축제의 밤이었다. 카주 다리 밑에는 남녀노소 온 가족이 모두 나와 자욱하게 앉아 있었다. 이런 나들이 때 한국에서 흔히 보는 삼겹살 굽는 모습도, 술 마시는 풍경도 전혀 볼 수 없었다. 이들은 다만 조용히, 심지어 경건하게 보이기조차

하는 엄숙한 표정으로 차를 마시거나 두런두런 이야기를 나누는 정도였다. 이곳에는 비가 거의 오지 않기 때문에 비 오는 분위기 자체가 이들을 흥분시키는 것이라고 했다. 우리가 첫눈이나 함박눈이 내릴 때 느끼는 들뜸과 유사한 걸까. 다리로 몰려나온 이들이 주차한 차량으로 카주 다리 부근 도로와 인근 공원까지 몸살을 앓고 있었다.

이스파한의 저녁에 우리는 카주 다리로 먼저 갔다. 야경과 인파에 우리도 들뜨기는 마찬가지였다. 주황색 따뜻한 조명 속에 길게 뻗어 나간 다리의 야경은 아늑하고 아름다웠다. 다리 아래로 물줄기가 힘차게 흘러내렸다. 야경을 촬영하고 다리 아래 공간으로 갔을 때 다리 밑을 가득 메운 사람들을 발견했다. 피난 열차에 올라탄 승객들처럼 조명이 희미하게 비치는 공간에 길게 앉아 있었다. 어린아이와 노인, 여인과 남자들을 망라한 가족 단위의 인파였다. 이란 사람들은 집에서 텔레비전을 즐기는 문화도 아니고 다른 오락거리도 많지 않은 터여서 집에서 먹던 음식을 그대로 보자기에 싸서 야외에 나와 시간을 보내는 게 중요한 소일거리라고 했다. 우리가 도착한 날은 마침 비까지 내려 자얀데강이 특히 붐볐다.

카주 다리 남단과 북단 아래에는 돌로 만든 사자상이 강을 사이에 두고 서로 마주 보고 있다. 사자는 페르시아를 상징하는 동물로 왕궁이나 주요 지역에 어김없이 존재한다. 이 사자상이 밤에 신묘한 마술을 부린다. 이스파한의 3대 미스터리 중 하나인데, 남쪽 사자상 앞에서 강 건너 북쪽 사자상의 두 눈을 보면 녹청색 빛이 레이저광선처럼 뻗어 나오는 것을 볼 수 있다. 신기한 것은 그 사자상 주변에 반사될 만한 아무런 조명도 없고 자체 발광할 어떠한 조건도 파악할 수 없다는 사실이다.

왜 이런 현상이 일어나는지 정확한 이유는 밝혀지지 않았다. 통역을 맡은 강 박사가 북쪽 사자상을 가리키며 빛이 보이지 않느냐고 채근을 해서 기를 쓰고 사자의 눈을 찾았더니 아닌 게 아니라 한쪽 눈에서 먼 들판 외딴집에서 새어 나오는 희미한 호롱불 같은 빛이 보였다. 희미하지만 맑은 느낌을 주는 청록빛이었다. 돌아보니 그동안 써 온 소설의 기저에는 모두 하원의 그림자가 어른거리고 있었다. 이란에서 돌아와 완성한 단편「사자가 푸른 눈을 뜨는 밤」은 이렇게 끝난다.

빛나는 눈을 보았습니다. 이승과 저승까지 다 볼 수 있는 푸른 눈. 내가 사랑하고 나를 사랑해 준 이들이 간 곳, 저 눈을 빌려 이승에서 억울하게 추방당한 그리운 이들을 보고 싶습니다. 그녀가 이승에서 완전히 사라진 것인지는 아직까지 정확하진 않지만, 이승에 머무르고 있다고 확신할 수도 없습니다. 시간이 흐르면 아픔도 희미해질 줄 알았습니다. 세월이 흘러도 가라앉기는커녕 그리움이라는 고통은 더 깊어지더군요. 이곳 카주 다리 사자의 눈을 나도 지니고 싶습니다. 깊은 밤 푸른 눈을 뜨고 저승의 그리운 이들을 이승에서도 볼 수 있는, 그들을 만나러 갈 수 있는, 오르페우스가 다녀왔다는 그 길을 찾고 싶습니다. 오늘 밤 사자의 눈이 유난히 맑고 푸릅니다.

57

진상 규명 불능 사유

위원회에서 강하원 사건을 진상 규명 불능이라고 판단하는 사유로는 첫째, 강하원에 대한 경찰 관련 기록이 모두 폐기되어 강하원에 대한 동향 관찰의 구체적인 내용에 대하여 확인하기 어려운 점, 둘째, 제3자에 의한 목격과 관련하여 제보의 신빙성을 확인하기 위해 해당 제보자의 진술이 필요하나 현재 제보자가 주거 불명으로 소재가 확인되지 않는 등 중요 참고인들에 대한 조사가 불가능한 점, 셋째, 강하원이 어떻게 사망하였는지 확인할 수 없고, 생존 여부도 확인할 수 없는 점 등이다.

58

새로운 제보 내용은 이전의 것들에 비해 훨씬 구체적이었다. 의문사진상조사위원회 활동 당시 방송사에 제보가 들어와 확인을 시도했지만, 제보자가 이내 잠적해 버리는 바람에 무산됐던 사안이었다. 그 남자가 이번에 우리가 나간 방송을 보고 다시 연락해 왔다. 20여 년이라는 세월이 마법이라도 부린 것일까.

희연은 몸 상태가 썩 좋지는 않지만 그 남자는 꼭 만나보고 싶다고 했다. 거의 한 달 만에 보는 희연은 그동안 수척해진 모습이었다. 심리적인 고통이 육체에 미치는 영향은 두말할 나위 없을 테다. 많은 번민과 회한이 그녀를 힘들게 했을 것이다. 청바지 차림에 흰 셔츠를 입고 그 위에 베이지색 재킷을 걸치고 나온 그녀는 초췌하지만 여전히 단정하고 정갈한 모습이었다.

"죄송해요. 정리할 시간이 좀 필요했어요. 30년 넘게 그분의 존재를 의식하지 않고 살아오다가 마음의 환경이 바뀌니 혼란스러워요. 이렇게 생사도 모르는 그분을 찾아다니는 게 정말 온당한 일인지, 지금껏 살아온 대로 살아가는 게 맞는 길 아닌지 헷갈리더군요."

열차에 오를 때까지도 별말 없던 희연이 기차가 강변

을 따라 달리면서 속도를 낼 무렵 차창에 머리를 기댄 채 나직하게 말했다.

"나야말로 미안해요. 잘 살고 있는 사람을 괜히 흔들어 놓은 셈이니까. 많은 이들이 함께 나섰다가 세월이 흐르면서 모두 지쳐 포기한 상태에서 희연 씨를 만나 큰 힘을 얻었어요. 너무 내 감정에만 빠져 있었네요."

희연이 차창에서 머리를 떼고 무연한 눈빛으로 바라보았다. 30대 후반이라면 결혼을 해서 아이를 두엇 거느릴 연배인데도 아직 혼자였다. 그녀보다 세 살 어린 남동생은 20대 후반에 결혼해 남매를 키우고 있었다. 그녀의 남동생은 선천적으로 앞을 볼 수 없는 장애아로 태어났다고 했다. 그래서 더 끔찍하게 그 동생을 보살필 수밖에 없었다. 엄마는 늘 그 동생을 가슴 아파하면서 제 피와 살이 섞이지 않은 희연에게 고마워했다. 희연은 조카들이 자신의 피붙이인 양 한껏 애정을 쏟았다. 희연은 조카들 이야기를 할 때 가장 환하고 맑은 표정을 지었다.

"오랫동안 기다리고 찾아다닌 분도 계신데 도와드리지는 못하고 신경만 쓰이게 하는 것 같네요. 어린 시절 엄마가 계신데도 이상하게 저물녘이면 아이들과 동네 골목에서 놀다가도 괜히 마음이 허전해지곤 했어요. 엄마가 특별히 저를 차갑게 대하거나 그런 건 전혀 아니었어요. 지금 생각해 보면 제 피에 흐르는 그분의 유전자가 본능적으로 결핍을 느끼게 한 건 아니었나 싶기도 해요. 조카들이 티 없이 웃고 울고 제 엄마에게 떼를 쓰는 모습을 보면 마음 한구석이 저릴 때도 있었어요. 저는 잘 울지 않는 조숙한 아이였답니다."

열차가 터널 속으로 들어가 바퀴 소음이 커지자 희연의 말이 희미해졌다. 산맥을 달리는 열차는 자주 터널 속으로 들어갔다 나오기를 반복했다. 차창으로 비껴드는 햇빛이 희연의 얼굴을 비추다 사라지곤 했다.

59

희연은 남동생을 끔찍이 아끼고 보살폈다. 동생의 부모가 작고하고 난 뒤에도 태어날 때부터 어둠 속에서 살아온 그 아이를 피가 섞인 친동생보다 더 감싸고 살았다. 나에게 「어둠 속의 대화」라는 체험전에 함께 가자고 청한 것도 그 동생을 위한 것이었다. 동기가 무엇이었든 희연이 먼저 나서서 적극적으로 동행을 청한 것이 반가웠다. 그 전시는 아무것도 보이지 않는 컴컴한 공간에서 전문 로드마스터의 안내를 따라 서울의 자연, 거리, 시장, 바

(bar), 보트 탑승 등의 테마 체험 코스를 다니면서 어둠 속의 일상을 경험하는 내용이었다. 칠흑 같은 암흑 속에서 시각 외에 다양한 감각으로 소통하는 기회를 가질 수 있는 특별한 체험전이다. 사람과 사람 사이의 물리적인 관계를 단절시키는 '어둠'이라는 극단적인 상황 속에서 시각 이외의 다양한 감각들을 활용한, 익숙하지만 낯선 환경에서 진정한 소통을 발견할 수 있다는 발상에서 이 전시는 시작된다고 전시 팸플릿에 소개돼 있었다. 이날 길고 짙은 어둠 속 허공으로 젊은 날 뛰어내린 수호가 떠올랐다.

60

수호야, 네 눈이 감기는 순간에도 그리 어두웠느냐. 두렵더냐. 나는 이 지독한 암흑이 무서워 뛰쳐나갈 뻔했다. 그대로 서 있다가는 심장이 터질 것 같았다. 세상 모든 빛으로부터 완벽하게 차단당하니 이것이 그대로 죽음인 듯싶었다. 의식은 멀쩡한데 죽은 줄 알고 매장당했을 때 심정이 이럴까. 속아서 끌려온 것 같았다. 미풍이 불어와 이제 숨 쉴 만하다.

네가 떠난 후, 남은 우리가 한 일이라곤 세끼 밥을 벌어 연명한 것밖에 없는 것 같다. 어둠 속에서는 시간이 빨리 흘러간다지? 너는 아직 이곳을 떠나지 못한 것이냐, 아니면 이미 레테의 강을 지나 이곳의 일은 까마득히 잊어버리고 명부로 가는 마지막 강을 건넌 것이냐. 이 어둠 속에 비통의 강물을 건너는 심정은 어떠했느냐. 로드마스터의 목소리가 들린다.

난간을 잘 더듬어 배에 오르십시오. 파도에 흔들릴 수 있으니 꼭 잡으시고 물보라가 일더라도 동요하지 마세요. 눈앞에 보이는 풍경은 여러분들이 머릿속에 그리는 모습대로 모두 다를 겁니다. 풍경의 정답은 없습니다. 거짓도 없습니다. 생각하면 생각하는 대로, 떠오르면 떠오르는 대로 모두 여러분의 진실입니다.

한 올의 빛도 허용하지 않는 완전한 어둠 속에서 100분에 걸쳐 로드마스터를 따라 암흑 체험을 하는 프로그램에 참여하게 될 줄은 몰랐다. 네가 떠나던 무렵 덴마크에서 처음 시작된 것이라고 한다. 사고로 시력을 잃은 이를 안타까워하던 한 교수가 일반인들이 암흑 체험을 할 수 있는 이벤트를 기획한 것이 효시가 되어 지금은 30개 나라 160개 도시에서 많은 이들이 참여하고 있다는구나. 전시장 입구에서 빛을 낼 수 있는 휴대전화는 물론 안경까지

소지품을 모두 거두어 개인 사물함에 보관하고 들어왔다. 아무것도 볼 수 없으니 부딪쳐 다칠 위험만 있는 안경은 어차피 무용지물이다. 네가 머무는 곳도 이리 어두운 게 맞느냐.

네가 떠난 이곳이 살 만한 곳이라고 말하는 사람들은 뇌세포가 지극히 단순하거나 드물게 누군가를 사랑하고 사랑받고 있다는 착각에 빠져 있는 이들일지 모른다. 그 허망한 생각과 몸짓의 본질을 알아 버린다면, 너처럼 훌쩍 이곳을 떠나고 싶어 할 이들이 줄을 설지도 모르지. 아까 카페에서 누군가 만나고 나오는 길에 상가에서 대낮에 길게 통곡하는 늙은 여자를 보았다. 태양이 뜨거운 대낮인데, 머리칼을 길게 늘어뜨린 늙은 여인이 길게 길게 통곡을 하더라. 그녀 옆에는 소주병이 놓여 있더라. 가슴이 너무 아파서 발걸음을 떼기 쉽지 않았다. 우리가 남아 있는 이곳을 굳이 변명하려는, 사실을 말하기 무서워서 옹호하려는 심정으로 살아오지 않았나 싶다. 이곳이야말로 살아서 견디는 지옥이거나 간혹 천국일지 모르는 우주의 무심한 무정형의 한곳일 뿐인데.

포말이 얼굴을 스친다. 4D 영화관에 온 것 같다. 결정적으로 다른 건 화려한 화면이 없고 아무것도 보이지 않는 절대 암흑 속이라는 사실이다. 로드마스터의 목소리가 다시 들린다. 배가 목적지에 당도했으니 조심스럽게 내리세요. 조금만 앞으로 걸어가면 벤치가 있습니다. 잘 찾아서 앉으세요. 새소리가 들리지요. 꽃향기도 느껴지나요? 가만히 앉아서 주변 풍경을 상상해 보세요. 물소리가 어느 방향에서 들리나요? 계곡일까요 작은 시내일까요? 언젠가 가 보았던 그곳일까요? 물론 정답은 없습니다. 바로 당신이 상상하는 공간, 그곳이 지금 이곳입니다.

네가 떠나고 난 뒤 어쭙잖게 밥벌이를 하면서 소설가의 꿈을 가꾸어 왔다. 쓸쓸한 오지의 넋두리 같은 글이지만 그래도 내가 이 척박한 세상을 견디는 힘이었으니 비웃지는 말거라. 청량리역에서 정동진행 막차를 타고 태백산맥을 넘어갔다. 해 뜨기 전 정동진역에 내려 근처 모텔에 들어가 눈을 붙인 후 바닷가 카페로 나가 전날 밤 기차에서 쓰던 글을 매만졌다. 열차에서 두드린 글들은 푸른 동해 바다 옆에서 커피를 마시며 맨정신으로 들여다보니 감상적인 넋두리 이상은 아니었다. 새삼스러운 자괴감에 빠져 음악을 듣노라니 카페의 넓은 통유리 너머 동해 바다로 비가 내리기 시작했다.

그때 너는 어디 있었느냐. 야학 시즌이 끝나고 선배들이 후배를 평가해 지하 성원으로 발탁하거나 공개적인 마당에서 활동하도록 하거나, 그도 아니면 누군가를 선택

해 사복 경찰들의 삼엄한 경계를 뚫고 캠퍼스 건물 옥상
에 올라가 시위를 주도한 뒤 감옥에 가는 성원으로 쇠고
기 부위를 나누듯 분류 배치했다. 너는 지하 성원으로 발
탁되지 못한 데 대해 분통을 터뜨리며 선배들을 찾아다니
며 항의했었지. 그 결과 네가 받은 훈장은 옥상에 올라가
는 것이었다. 너는 한동안 사라졌다가 그날 도서관 옥상
에 나타나 구호를 외치며 캠퍼스 전체를 하루 종일 깨스
차 속 함성으로 뒤집어 놓고 허공으로 솟아올랐다. 다시
목소리가 들린다.

이제 여러분은 시장으로 들어섭니다. 시끄러운 소리들
이 들리죠? 여러분 옆으로 여러 가지 물건들이 진열돼 있
습니다. 단지 감각만으로 그 물건이 무엇인지 추측해 보
세요. 물건 이름을 맞추는 게임을 잠시 하겠습니다. 먼저
맞추는 분들에겐 작은 선물이 준비돼 있습니다. 보이지
않아도 알 수 있는 것들이 세상에는 많습니다. 보이는 것
들이 전부가 아니죠. 새로운 세계를 체험해 보세요.

우리가 살았던 시장통 골목집이 기억나느냐? 아침에
눈을 뜨고 부엌으로 나가면 모든 물이 다 얼어 버리는 날
들이 많았다. 세숫대야, 바케쓰, 설거지통 들에 남아 있
는 물은 모두 얼음이었다. 지금처럼 세련된 싱크대가 있
는 부엌을 상상하면 곤란하다. 말 그대로 캠핑장보다 못

한 춥고 비좁은 풍경이었다. 전날 술을 마신 탓에 눈을 뜨면 늘 목이 칼칼해 얼음을 깨어 우두둑 씹어 먹었다. 얼음을 끓여 라면 정도는 먹고 나갈 수도 있었으련만 아예 그런 생각조차 생략해 버리고 살았던 것 같다. 가난 때문이기도 했지만 게으름 탓이 더 컸을 것이다. 젊디젊은 청춘이 먹는 것에 대한 욕구가 지금보다 약했던 것일까. 늙어가는 이즈음은 먹어도 허기에 시달리는 병에 걸려 시시때때로 먹을 것을 찾는 형국이니 가난한 그 시절보다 더 누추하다.

기억나느냐? 우리 신입생 시절 봄, 진홍 벨벳 커튼이 쳐진 학생회관 무대에서 청아한 목소리로 여인이 부르던 노래, 「오월의 노래」, 말이다. 춘양을 지나 봉화로 가는 철길 연변도 짙은 오월이었다. 강에서 피어오르는 안개 때문에 차창은 흐리지만 가슴에는 '봄볕 내리는 날'이었다. 춘양에서 뜨거운 바람이 불어오는 날이었다. "사랑이여, 내 사랑이여"로 그 노래는 끝나지. 2절에서 이어지는 가사는 서글프다. "이렇듯 봄이 가고 꽃 피고 지도록/ 멀리 오월의 하늘 끝에 꽃바람 다하도록/ 해 기우는 분숫가에 스몄던 넋이 살아/ 앙천에 눈매 되뜨는 이 짙은 오월이여/ 사랑이여 내 사랑이여." 산골 마을이 흘러갔다. 버드나무에 적당히 물이 올랐다. 스위스 박공집 같은 작은 교회가 앙증맞았다. 기차는 바야흐로 산맥으로 들어갔다. 계곡 옆으로 난 철길을 뒤뚱거리며 겨우 갔다. 귀에서는 여전히 「오월의 노래」가 이명처럼 떠돌았다. 날은 흐리고 능선 위로 안개가 자욱했다.

가랑비 내리던 그날, 나는 삼랑진을 목전에 두고 밀양역에 내렸다. 너를 두고 우리만 내렸던 그곳에 30여 년 만에 뜻하지 않게 발을 다시 디뎠다. 그날 기억나느냐? 어이없이 너만 기차에서 끌려 내려가고 너의 부모님이 기다리는 집에 친구들만 들어갔던 그날 밤 말이다. 오래전 일이라 자료를 찾아보니 그날이 맞더구나. 레이건 미국 대통령이 방한하던 날이었으니까. 그날은 입동을 나흘 넘긴 주말이었어. 네가 사는 밀양 고향집에 몇 명이서 함께 내려가기로 미리 작정을 했었다. 벗의 고향집에 가서 그의 부모와 짧지만 오래 기억에 남을 시간을 보내자고 약속했었지. 나중에 보니 그날이 하필 미국 대통령이 방한하는 날과 겹치더구나. 광주에서 유혈극을 벌이고 체육관에서 스스로 뽑힌 군부 출신 대통령으로서는 최대 우방국인 미국이 정권을 공개적으로 지지하는 세리머니인 셈이니 얼마나 중요한 의전이었겠느냐. 전국에 거의 비상계엄에 준하는 삼엄한 경계령이 내렸다. 그날 따라 열차 안에 공안원이 유독 눈에 많이 띄고 조금이라도 목청을 높여 다투는 소리라도 들릴라치면 기다리고 있던 것처럼 금방 나타나 제압하거나 무작정 끌어내 다음 정차할 역에 내리게 했다. 그날 우리 앞자리에 앉아 있던 노인 두 명이 술판을 벌이다가 언쟁으로 이어져 목소리가 커지자 노소 불문하고 그들도 어김없이 공안원에게 끌려가다시피 하차해야만 했다. 지나치게 살벌한 분위기가 너의 뜨거운 기질에 불을 질렀을 것이다.

네가 술 한잔 마시면 악을 쓰다시피 목청을 높여 불러 대던 「밀양아리랑」 생각나느냐? 너의 고향 노래인데 고등학교 시절 또래들끼리 부르며 배웠는지는 모르되 원래 가사를 바꾼 「밀양아리랑」을 이어서 부를 때마다 좌중을 웃겼다. 너희들 동네에 구전돼 내려오던 새로운 버전이었겠지. 세미나 뒤풀이를 할 때 돌아가면서 노래할 기회가 주어지면 젓가락으로 탁자를 정열적으로 쳐 가며 억센 경상도 억양으로 부르던 너의 애창곡이었다. 우리가 극구 말렸는데도 기차가 조치원을 지나 서서히 다시 남쪽으로 움직이기 시작할 무렵, 너는 나무젓가락을 높이 들었다 의자를 내리치며 증기기관차가 화통을 달궈 출발하는 것처럼 그 노래를 목청껏 부르기 시작했다.

부산에 남포동, 낄낄이 연락선, 쌍고동 빽나발 부는데, 우리 마누라, 일본에 동경에, 오징어배 타고 날랐다, 날씨

관계상, 기후 관계상, 소식이 없어, 어린 새끼는 배가 고
파서, 낄낄이거린다. 아리아리랑 스리스리랑 아라리가 났
네 아리랑 고개로 날 넘겨주소.

　노인네들이 끌려 내린 직후라 객차 안에는 비통한 침
묵이 흐르던 중이었는데 네가 해학적인 가사를 바꿔 붙
인 민요를 목청껏 불렀으니 분위기는 난감했다. 웃을 수
도 박수를 칠 수도 만류할 수도 없는 묘한 형국이었다. 너
의 노래가 강한 분노라는 걸 열차 안 모든 승객들이 모를
리 없었다. 이번에는 사복 차림의 장정들이 어디선가 득
달같이 나타나 너를 일으켜 세운 뒤 양손을 허리 뒤로 꺾
고 허리띠를 잡아 양쪽에서 호위하듯 너를 끌고 갔다. 뒤
쫓아가 노래가 무슨 죄냐고 항의도 했지만 같이 끌려가고
싶지 않으면 돌아가라는, 불량하게 눈을 부라리는 사내들
의 말만 들었을 따름이다. 너는 괜찮다고, 곧 따라갈 터이
니 밀양 집에 가 있으라고 손을 내저었다. 부모님이 친구
들 온다고 음식 장만해 놓고 기다리시니, 먼저 가서 걱정
하시지 않도록 잘 진정시키면 조금 늦더라도 갈 수 있을
거라고 우리를 다독였다. 너는 대전역에서 내려야 했다.
이듬해 너는 도서관에 올라가 구호를 외치다가 날아올랐
다. 이미 정해진 일정이어서, 너는 사라질 준비를 하며 밀
양에서 이별 파티를 준비했던 것이냐.

화덕의 불길은 견딜 만하더냐, 수호야. 강은 무사히 건너갔느냐. 행여 아직도 망각의 강을 건너지 못하고 방황하고 있다면 어쩌면 좋으냐. 네가 하려던 일, 많은 동료와 후배들이 나름대로 열심히 했다지만 인간이 하는 일이 다 그런 모양인지, 그리 큰 성과는 없는 것 같구나. 이렇게 단정하는 것도 비관에 함몰된 습관일지도 모르지. 그 시절과는 많은 게 달라졌다. 어둠 속을 걸으면서 로드마스터에 대해 생각했다. 어디에서나 어둠을 꿰뚫는 그는 분명 열을 감지하는 안경을 끼고 있을 거라고.

마지막 어둠 속 찻집에서 서늘하게 깨달았다. 관성대로 생각하는 삶이란 얼마나 가벼운 것인지. 로드마스터는 태어날 때부터 빛이라곤 구경한 적도 없는 남자였다. 어둠과 빛의 구분이 그에겐 의미가 없었다.

61

사건에 대한 평가

위원회에 접수된 실종 사건의 경우, 사망 또는 생존 여부가 가장 우선적으로 확인되어야 함에 따라 경찰서와 지방자치단체 등 국가기관의 사망 관련 기록에 대한 확인 조사를 진행하였으나 대부분의 기록이 보존 기한의 경과로 폐기되어 사망 여부를 확인하지 못하였다. 강하원의 실종 사건의 경우에도 실종자와 유사한 변사체 부검 기록을 국립과학수사연구소에서 발견하고 당시 국립과학수사연구소에 부검 의뢰한 지문이나 사진 등이 포함된 경찰청 변사 기록을 확인코자 하였으나 보존 기한 경과로 기록이 폐기되었고, 해당 구청의 가매장 기록을 확인한 결과 가매장 변사체도 이미 개장되어 화장됨에 따라 이 변사체가 강하원인지 그 여부를 확인할 수 없었다. 또한 위원회에서는 강하원 사건과 관련하여 직접적인 국가 기관의 개입 및 그 책임을 확인할 수는 없었다. 이러한 실종 사건과 관련하여 국가기관 등이 변사체의 신원 확인을 위해 제도 및 관행 개선이 필요하다고 본다.

62

그는 당시 사설 요양원에서 일하는 간병 직원이었다. 하루는 원장이 그를 불러 가 보니 원장이 속을 들여다볼 수 없는 무심한 표정으로 주변을 살핀 뒤 작은 목소리로 말했다. 이 길로 앰뷸런스와 함께 서울로 가서 한 사람을 이송해 오라는 지시였다. 이 과정은 자신 외에는 아무도 알아서는 안 된다고 원장은 경직된 목소리로 여러 번 강

조했다.

한밤중에 운전기사와 둘이서 출발해 원장이 알려 준 전철역 인근 벽돌 건물 철문 앞에 도착했다. 경비실에서 나와 확인하더니 잠시 후 거대한 철제문이 스르르 옆으로 밀려났다. 그가 그때 그 일을 새삼스레 떠올린 것은 텔레비전에서 하원의 얼굴 사진을 접하면서 당시 보았던 그 얼굴 표정이 생생하게 살아났기 때문이었다.

그에게 인도된 젊은 여성은 숨은 쉬지만 의식이 없는 식물 인간 상태였다. 그녀가 지금까지 선명하게 기억에 남는 것은 얼굴 때문이었다. 극심한 고통을 당했을 법한 흔적이 몸에 자욱하게 남아 있었지만, 표정은 결연하면서도 슬픔이 깃든 얼굴이었다. 그녀의 얼굴을 보면서 잠시 먹먹했다고 술회했다. 오랜 망각의 지층을 뚫고 그녀를 닮은 얼굴이 방송에 나왔으니, 그로서는 놀랄 만했다.

그날 새벽 지방 요양원에 도착해 원장에게 그녀를 인계한 뒤로는 소식을 알지 못한다고 했다. 그는 이후로도 원장의 이런저런 지시를 처리하곤 했지만, 원장이 교통사고로 사망한 뒤로는 자신도 그곳을 떠났다고 했다.

63

남자가 말한 요양원은 오래전에 문을 닫은 곳이었다. 노인들을 보살피는 요양원에 의식이 없는 환자를, 그것도 젊은 여자를 수용했다는 건 상식적으로 이해할 수 없는 일이었다. 물론 당시에는 요양보호사제도가 정착되고 요양원이 활성화되던 때는 아니었다. 지금처럼 규제가 촘촘한 공간이 아니었고 수발하기 힘든 노인들을 어쩔 수 없이 맡기는 정도의 공간이었다. 상식이 통하던 시기가 아니었으니 새삼스럽게 몰상식을 거론하는 건 우습지만, 이 경우는 너무나 훤하게 속이 보이는 행태였다. 의식이 없는 여자를 막상 없애지는 못하고, 죽음을 기다리는 상태로 보존한 셈이었다. 그녀는 살아남았을까.

폐업을 했다지만 관련 서류들은 남아 있을 수 있으니 행여라도 그녀에 대한 기록을 찾을 수 있을지 모른다는 희망을 붙들었다. 그것이 망상에 불과하다는 사실은 이내 판명됐다. 조금만 차분하게 생각하면 설혹 그 요양원이 여전히 운영 중이라고 해도 그렇게 비밀스럽게 수용한 젊은 여자에 관한 기록을 남겨 놓을 리 없었다.

어쨌든 하원을 닮은 여자가 그곳에서 코마 상태로 이송돼 나왔다는 최초의 증언을 확보한 셈이다. 이제 작은 실마리 하나는 생긴 셈이다. 희망이 생긴 증언인데도 희연은 한동안 의자에서 일어서지 못했다. 막연한 기대로 동행을 시작한 여정인데, 구체적으로 하원의 흔적이 드러나기 시작하자 가슴이 떨린 듯했다. 희연은 요양원 마당으로 나가 바다가 보이는 언덕배기 쪽으로 걸어갔다. 그런데 그녀가 뒤돌아보며 급하게 손짓을 했다. 희연은 언덕 아래 오래된 낡은 창고를 가리켰다.

요양원 건물은 개축한 듯 말끔했지만 그 건물만은 새 단장에서 비켜 간 듯했다. 내려가 확인해 보니 창고에는 오래된 비품과 고장난 폐품 들이 무질서하게 쌓여 있었다. 희연이 창고 안으로 들어가 걷다가 캐비닛에 부딪쳐 휘청거렸을 때 캐비닛 문틈으로 서류 더미가 밀려나왔다. 폐기됐다는 기록들은 소각되지 않은 채 그곳에 버려져 있었다.

실마리는 새롭게 풀리기 시작했다. 어두워져 글자가 제대로 보이지 않을 때까지 집요하게 서류를 뒤지던 희연이 하원의 것으로 짐작되는 기록 일부를 찾아냈다. 오래된 문서에는 "가료 후 조치"라는 메모가 휘갈겨져 있었다. 그 문서에는 놀랍게도 의식이 없는 상태의 흐릿한 여자 증명사진이 붙어 있었다. 눈을 감고 있어도, 그녀의 얼굴은 아름다웠다. 비록 고통에 찌든 표정이긴 해도 내 머릿속에 그토록 오랜 세월 동안 박제돼 있던 그 얼굴이 틀림없었다.

가료 후 조치했다니, 조치란 어떻게 했다는 의미일까. 이곳에 남아 있지 않다면 어디론가 보내졌을 가능성이 크다. 그것도 아니고 이곳에서 사망했다면 어딘가에 매장했거나 화장 후 흔적도 없이 산천에 뿌려졌을 수도 있다. 어느 쪽이든 이곳에서 실무를 담당했던 당시 직원을 찾아내는 것이 급선무였다.

64

진상이 밝혀지지 않은 실종 사건에 대하여 국가가 하여야 할 조치

우선 위원회에 접수된 진상이 밝혀지지 않은 실종 사건에 대하여 국가는 항구적으로 국민의 생명과 정당한 인권이 보장될 수 있게 할 의무와 책임이 있으므로 실종자 가족이 희망한다면 신원 확인 작업의 계속적인 수행이 필요하며 그다음으로는 신원 확인 작업 수행 기관의 지정으로 이러한 신원 확인 작업을 계속적으로 수행할 수 있는 적정한 국가기관을 검토·지정함이 필요하다.

65

문서 하단에 취급자의 이름이 희미하게 남아 있었다. 김금희. 당시 요양원 근무자 기록표를 찾아 김금희의 연락처를 확보했다. 이력서에 기재된 생년월일로 미루어 보면 김금희는 당시 30대 후반이었으니 지금은 노년에 이르렀을 것이다. 하원과 나이 차이가 10여 세가량인 큰언니뻘이다. 금희의 고향은 남쪽 항구에서 배를 타고 두어 시간을 가야 하는 큰 섬이었다.

포구에서 내려 걸어가는 방파제 양옆에는 바다에서 잡아 올린 생선들 배를 갈라 내장을 꺼낸 뒤 말리느라 한창이었다. 미역과 다시마도 생선들 곁에서 해풍을 맞으며 구덕구덕 말라 가고 있었다. 김금희는 낯선 이들의 급작스러운 방문에 애써 평정을 유지하려는 듯했다. 짐짓 미소까지 띠고 방문객을 맞던 그녀는 하원에 대해서 묻자 의아한 표정을 지었다.

"하원이라뇨. 그런 여자는 이름도 들어 본 적이 없네요. 뭔가 잘못 알고 오신 거 아닌가요?"

하원은 어떤 이름으로 지금까지 살아온 걸까. 살아 있다면 말이다.

"그 이름이 아닐 수도 있습니다. 어쨌든 요양원에서 근무허실 때 이런 얼굴을 보신 적 있나요?"

하원의 사진을 내밀자 금희의 표정이 굳어지더니 한동안 침묵이 흘렀다. 기울어 가는 해가 금희의 얼굴에 야윈 빛을 드리웠다.

"피만 섞여야 혈육인 건가요. 우리 동생과는 벌써 30년 가까이 한집에서 부대끼며 살아왔으니 진짜 혈육보다 진한 동생인 거죠. 그걸 따지자고 오신 건 아닐 텐데……."

그때까지 입을 떼지 않고 잠자코 있던 희연이 나서서 간청하는 눈빛으로 말을 건넸다.

"사실 저는 혈육을 찾는 중입니다. 동생이라는 분이 저와 피를 나눈 분이란 생각이 들어서요. 피뿐만 아니라 살과 뼈까지 만들어 준 이 생의 원천일지 모른다는 생각 때문에요."

다시 표정이 굳어진 금희는 고개를 돌려 망연한 눈빛으로 바다 쪽을 바라보았다. 한참 만에 우리에게 돌아온 눈은 붉게 충혈돼 있었고, 검은 동자에는 물기가 어렸다.

"나도 늘 우리 동생의 이전 삶이 궁금했던 건 사실입니다. 대체 무슨 일이 있었던 건지, 조심스럽게 묻곤 했지만 기억이 안 나는 건지 잊은 건지 그런 질문을 던지기만 하면 동생은 혼란스러워하다가 방에 들어가 누워 버리곤 했어요. 저러다가 다시 무너지는 건 아닌지 걱정이 들어 언젠가부터 그런 질문은 아예 금기 사항으로 내 머릿속 한 구석에 꾹꾹 눌러 폐기했지요. 내 동생의 삶에 대해 궁금해하는 외지인이 나타난 건 처음입니다."

금희는 처음부터 원장이 맡긴 여자를 자발적으로 이곳 먼 고향 섬까지 데려올 생각은 전혀 하지 못했다고 했다. 원장이 그 여자를 데리고 나가 돌봐 준다면 그에 상응하는 급료와 보너스까지 얹어 주겠다면서, 그녀를 떠맡겼다고 했다. 금희가 생각해 낸 곳이 이 섬이었다. 홀로 계신 노모가 그렇지 않아도 늘 마음에 걸렸는데 어찌 보면 다행일 수도 있다고 생각했다.

문제는 그녀를 보살피는 기간이 기약 없이 길어졌다는 데 있었다. 처음 1년 정도는 지속적으로 원장에게 적절한 보상을 받았으나 그녀가 죽지도 않고, 살아나는 것도 아닌 어정쩡한 상태가 지속되자 원장으로부터 어느 날 연락이 끊겼고, 보상도 중단됐다. 직접 원장을 찾아 육지로 나가 요양원까지 가 보았지만, 요양원은 그사이 폐쇄되고 원장조차 종적을 감춘 뒤였다. 멀쩡한 생명 하나가 덤으로 금희에게 맡겨진 셈이었다.

"다행히 조금씩 생기를 찾기 시작해 다시 먹기 시작하고 말을 시작하고 걷기 시작했어요. 문제는 이전까지의 기억을 모두 망실해 버린 거죠. 어디서 모진 일을 당했는

지 지문조차 나오지 않고, 표정은 해맑은데 바보나 다름
없는 상태였어요. 같이 살 수밖에…… 다른 선택은 떠오
르질 않았어요. 이곳에서는 해녀 자매로 소문이 나서 다
들 우리를 별종처럼 여겼지만, 이제는 이 섬의 한 풍경이
돼 버렸지요. 우리가 함께 이곳에 내려올 때만 해도 노모
는 살아 계셨는데, 어린 시절 기억을 되살려 다시 물질을
배웠어요. 다행히 그녀도 수영을 잘해서 오랜 세월 물질
을 해 온 어머니에게 함께 바닷속을 배웠어요. 어머니가
돌아가신 뒤로 우리는 서로 의지하는 육친처럼 살아온 거
죠."

금희는 그 섬에서 난리가 나던 해 유복자로 태어났다.
아버지는 육지 형무소로 끌려간 뒤 사라졌고, 어머니 혼
자서 스무 살에 그녀를 낳았다. 무슨 근거로 남편을 끌고
가서 학살했는지 어머니는 끝까지 나라에 묻고 싶었다.
그 일을, 돌아가신 어머니 대신 '수형행불인 재심청구소
송'에 유족으로 참여해서 금희 씨가 맡았다. 아버지의 행
방불명에 대해 평생 한을 품고 사신 그 어머니가 감싸고
거두지 않았다면, 금희는 그녀를 감당할 수 없었을 것이
라고 긴 숨을 내쉬며 말했다.

"사실 오래 품을 생각은 없었어요. 우리 살기에도 빠듯
한데, 정체도 모르는 데다 몸까지 성치 않은 사람을 우리

가 끝까지 데리고 있는 건 힘든 일이었어요. 원장의 요구를 받아들여 협조했으니 떳떳한 처지는 못 됐지만, 돌아가신 어머니만 아니었으면 벌써 외면했을 겁니다."

금희의 어머니는 세상 천지에 연고도 없이 홀로 남겨진 그녀를 가슴 깊이 안타까워했다. 영문도 모르고 끌려가 사라진 남편의 처지를 그녀에게 투사했던 건지도 모른다. 그 남편이 그렇게 갔다고, 사라졌다고 어디에다 대고 하소연할 곳도 없는 세월을 살아왔다. 명치끝에서 올라오는 울음을 삼키며 바람 소리 거센 밤을 지샌 날이 많았다. 어린 금희마저 없었다면 그 세월을 어찌 견디었을지 모른다. 바깥세상보다 물질을 하러 들어간 바닷속이 오히려 안온했다. 깊은 물속에선 해초가 하늘거리고 자리돔이 떼 지어 유영하는 그 수중 나라에서는 남편의 환영도 가끔 만날 수 있었다. 금희가 성장해서 가끔 푸념처럼 늘어놓는 어머니의 말들이다.

두려워하지 않고 남편의 행방을 물을 수 있는 세상이 왔을 때는 금희가 어머니를 대신해 뛰어다녔다. 금희도 이데올로기와 국가라는 눈에 보이지 않지만 거대한 그 실체가 방향을 잘못 잡으면 어떤 폭력보다도 무자비한 야만이 될 수 있음을 그 과정에서 절감했다. 원장에게서 받아온 생명을 보듬어 품어 안은 것은 어쩌면 그 폭력의 그림자를 엿보았기 때문일지 모른다. 금희는 어머니가 본능적으로 그 생명이 처한 아픔을 느꼈을지 모른다고 했다. 노모가 적극적으로 품지 않았다면 그리 오래 그녀와 함께 살지는 못했을 것이라고 말하며 긴 숨을 내쉬었다. 그녀는 동네 해녀들과 함께 다른 섬으로 바깥 물질을 나가고 없었다. 금희는 오래 앓아 온 관절염이 도져 함께 가지 못했다. 우리는 부두로 나가 그녀를 태우고 돌아올 배를 기다렸다. 정말 그녀가 하원일까. 이 생 내내 그리워한 그 사람.

66

반대 의견

'의문사 진상 규명에 관한 특별법' 제2조 제1호에서 '의문사'는 "민주화 운동과 관련하여 의문의 죽음으로서 그 사인이 밝혀지지 아니하고, 위법한 공권력의 직·간접적인 행사로 인하여 사망하였다고 의심할 만한 상당한 사유가 있는 죽음을 말한다."라고 규정하여 사망을 전제로 한다.

그렇다면 위원회는 '의문사 진상 규명에 관한 특별법' 제20조 제2항에 의하여 조사를 개시한 후에도 그 진정이 각하 사유에 해당하게 된 경우에는 그 진정을 각하해야 하는바, 행방불명되어 사체가 발견되지 않은 경우에는 의문사로 볼 수 없으므로, 이 사건은 '의문사 진상 규명에 관한 특별법' 제20조 제1항 제1호 소정의 "진정이 위원회의 조사 대상에 속하지 아니하는 경우"에 해당하여 각하되어야 한다.

67

오후 늦게 돌아온다던 그녀를 태운 배는 어둠이 내려도 보이지 않는다. 밤이 찾아든 바다에 해무가 짙게 깔렸다. 규칙적으로 들리는 파도 소리와 바람 소리만 방파제를 감싸고 돈다. 방파제 끝 양쪽에서 접안등이 지그시 눈을 감았다 뜨기를 느리게 반복하듯, 일정한 간격으로 붉은빛과 푸른빛을 멀리 검은 바다 위로 보낸다. 밤바다에서 돌아오는 배들에게 길을 안내하며 긴 수고를 위무하는 빛이다.

제보를 받고 내려갔을 때 요양원 남자는 토를 달았다. 당시에 그런 은밀한 이송을 수행했던 동료들이 더 있었을지 모른다고. 하원과 닮은 얼굴이었다고 기억하는 건 자신의 착각일 수도 있다고. 그 여자가 당신들이 찾는 그 사람이 아닐 수도 있으니 신중하라고.

멀리서 해무를 뚫고 배 한 척이 서서히 포구를 향해 윤곽을 드러낸다. 뱃전에서 한 여인이 오른팔을 들어 방파제를 향해 길게 손을 흔들고 있다. 아직 얼굴은 잘 보이지 않는다. 뱃전의 외등에 반사되는 안개가 여전히 짙다. 얼굴 윤곽은 여전히 희미하다. 우리도 그 배를 향해 두 팔을 번쩍 치켜들어 손을 흔든다. 금희 씨가 손나팔을 만들어 무어라 소리치자, 포구를 향해 팔을 흔들어 응답하던 그녀가 흔들거리는 배 위에 그대로 선 채 움직이지 않는다. 하늘과 물을 잇는 솟대 같다. 해무와 너울 속에 윤곽이 드러났다 사라지기를 느리게 반복한다. 바다에 떠 있는 솟대 하나가 어둠 속에 출렁거린다. 사자가 푸른 눈을 뜨는 밤이다.

페르시아의 수도였던 이스파한에 가면 아름다운 카주 다리 남단과 북단 아래 돌로 만든 사자상이 서 있다. 이 사자상이 밤이면 신묘한 마술을 부린다. 남쪽 사자상 앞에서 강 건너 북쪽 사자상 두 눈을 보면 녹청색 빛이 레이저광선처럼 뻗어 나오는 것을 볼 수 있다. 사자상 주변에 반사될 만한 아무런 조명도 없고 자체 발광할 어떠한 조건도 파악할 수 없어서 미스터리로 남아 있다. 이스파한의 밤, 그곳 사자들은 이승과 저승의 경계를 지키며 푸른 신호를 주고받는 것처럼 보였다.

시대의 야만을 배경으로 죽음이라는 인간 보편의 숙명, 그 어두운 너머를 보면서 간절한 그리움에 대해 말하고 싶었다. 인간이 왜 그 시각 그곳에서 그렇게 죽어야 하는지, 신조차도 만들어 놓기만 했지 인간의 삶과 죽음의 회로를 망각한 것이 아닌지 의심이 간다. 살아 있다고 어떤 이들에겐 살아 있는 것이 아닌 상태일 수도 있다. 만나지 못한다면, 세상 어디에서 머리카락 한 올이라도 발견할 수 없다면, 그 존재는 살아 있다고 말할 수 있는가.

여기까지 오는 데 오래 걸렸다. 그 시절 시장통 단칸방에서 어린 강학과 학강들이 서로 가르치고 배우던 풍경으로부터 사십 년, 그 기억이 박제가 되어 남아 있다가 되살아나 세상 밖으로 이야기가 되어 나오려고 꿈틀대던 때로부터는 팔 년이 지났다. 오래 품어온 사람과 사랑과 회한을, 왜 어디서 무엇 때문에 우리는 살고 죽는지 풀 길 없는 영원한 의문을, 여기 꺼내 놓는다.

공안 당국이 수많은 야학 교사들의 인권을 유린하고 강요에 의한 허위자백을 통해 사회주의 혁명을 도모한 관제사회주의자로 만들어 낸 사건이 있었다. 주요 야학 교사들을 새벽녘이나 한밤중에 불시에 급습해 영장 없이 가택수색을 한 것은 물론, 강제 연행해 남영동 치안본부 대공분실에 감금하고 수사를 했다. 남영동을 나서던 날 날리던 눈발을 기억한다.

도서관에서 투신한 학형의 참사를 눈앞에서 목격한 신

입생 시절, 충격은 컸다. 또 한 사람은 실종된 이래 지금
까지도 생사를 모른다. 공안 당국이 내내 미행하고 감시
했던 정황을 살펴보면 분명 그들은 알고 있었을 법한데
도, 목사를 만나러 간다고 나간 그는 내내 소식이 없다.
그의 행방은 결국 찾지 못한 채 시신이 없는 초혼장을 치
렀다. 유가족들의 청원에 의문사진상조사위원회에서 벌
인 조사 결과는 허무했다. 그 기록 일부를 소설에 차용했
다. 물론 서사는 완전한 픽션이다.

언제부터인가 지난 시절 이야기를 후일담으로 치부해
버리는 경향이 지배했다. 서구에서는 아직도 끊임없이 2
차세계대전과 홀로코스트를 배경으로 새로운 형식과 내
용의 서사를 세대를 이어가며 생산해 각광받고 있지만,
우리는 가까운 과거조차 은연중 낡은 이야기로 치부해 버
리는 세태임을 부인하기 힘들다. 이 이야기는 과거 한시
절 에피소드가 아니라 언제든지 맞닥뜨릴 현재와 미래의
이야기이기도 하다. 아무리 시간이 흘러도 모든 것을 말
하는 '파레시아'(parrhesia)의 힘이야말로, 상처를 치유하고
우리 삶의 현재와 미래를 예술로 승화시킬 수 있다는 말
을 믿는다.

지난 시대의 아픔을 빌려 이야기를 풀어 나갔지만, 단
순히 공권력의 폭력에 대한 고발로 읽히기를 바라지 않는

다. 따지고 보면 모든 죽음은 의문사이고, 그리움은 살아 있는 존재들의 숙명이기도 하다. 보고 싶지만 만나지 못하는 이가 그녀뿐이겠는가. 그리움으로 고통받는 이들이 조금이라도 위로를 받았으면 좋겠다.

토지문화관과 연희문학창작촌, 변산바람꽃에서 썼다. 존경하는 정찬 선생님, 빛이 호위하는 조해진 님, 오래전 소설집에 이어 이번 장편까지 섬세하게 편집을 맡아준 박혜진 님에게 각별히 감사의 말씀을 드린다. 도움을 준 따뜻한 이름을 다 말하지 못해 송구하다.

살아 있을 때, 아직 볼 수 있을 때, 부지런히 사랑할 일이다.

2022년 여름

조용호

발문

기록하는 역사, 기억하는 소설

정찬(소설가)

　조용호 소설 속의 중심인물들은 늘 시간과 공간을 떠돈다. 이 떠돎에 대해 조용호는 그의 첫 소설집 『베니스로 가는 마지막 열차』(문이당, 2001)에 첨부한 '작가의 말'에서 "떠나야만 비로소 내가 보이고 내 삶의 풍경들이 찬찬히 눈에 들어오는 것을 어쩌랴."라고 썼다. 조용호와 소설 속 인물과의 거리가 거의 없는 듯이 느껴지는 문장이다. 그로부터 9년 후 펴낸 첫 장편소설 『기타여 네가 말해다오』(문이당, 2010)에서도 비슷한 고백을 한다.

　"이제 그들을 보낸다. 정작 제대로 돌보지도 못하면서 내 안에 가두어 두기만 했다. 진즉 놓아주었어야 할 이들이다. 직면하면 아파서 오래 들여다보기 힘들었고 외면하면 어느 순간 한숨처럼 새어 나와 발목을 잡았다. 잘 가거라. 가서 이제는 아프지 말고 잘들 살아라."

조용호 소설의 원형질처럼 보이는 두 소설의 주요 등장인물들은 모두 1980년대 대학 '노래패' 서클의 노래꾼들이다. 그들의 노래가 비극적이었던 것은 노래의 서정성이 첨예한 정치성으로 발현되었기 때문이다. 그들의 노래는 찢길 수밖에 없었다. 노래의 운명이 그들에게는 삶의 운명이었기에 그들의 삶도 함께 찢겼다.

"군대에서, 철길에서, 도서관 옥상 아래 차가운 시멘트 바닥에서, 학교 앞 사거리 아스팔트에서 두 눈 부릅뜬 채 애석하게 죽어 간 그 시대의 외로운 운명들을 추도할 때마다 나는 빠짐없이 불리어 갔다. 서러운 만가의 선소리를 매겼다. 어허이, 넘자, 어화 너엄……"

"너는 투쟁의 노래 대신 서러운 만가를 불렀고, 힘찬 다짐의 노래 대신 청아한 목소리로 에덴의 노래를 불렀다. 노래를 부르는 너는 지옥에서 연옥을 구걸하는 소리로 울부짖었겠지."

첫 번째 인용문은 조용호의 등단작이자 첫 단편소설 「베니스로 가는 마지막 열차」 화자인 '나'의 독백이며, 두 번째 인용문은 「기타여 네가 말해다오」 화자인 '나'가 어디론가 사라져 버린 노래패 친구를 회상하며 건네는 독백이다.

두 소설 모두 시대적 상황에 쫓겨 사라진 노래패 동료 혹은 연인을 찾아 나서는 여로형 구조로, 조용호 소설의 기원을 품고 있을 뿐 아니라 그의 두 번째 장편소설 『사자가 푸른 눈을 뜨는 밤』을 살피는 데 안내 역할을 한다.

조용호 소설의 내면을 흐르는 정서에는 1980년대 체험의 산물이 자리한다. 81학번인 그는 '민요연구회' 노래꾼으로 운동권 집회에서는 노래를, 학우의 죽음 앞에서는 만가를 불렀다. 그가 뛰어난 노래꾼이었음은 1987년 7월 이한열 열사 장례식 때 만가를 불렀다는 사실에서 넉넉히 헤아릴 수 있다.

"노래 부르는 사람은 신과 인간 사이에서 기쁨과 사랑과 위로를 전달하는 매개자 역할을 한다. 무당이나 사제는 영매이거나 신의 대리자이지만, 노래꾼은 신과 인간 사이에 서 있는 광대다."

「기타여 네가 말해다오」에 나오는 위의 말은 조용호 소설의 성격을 파악하는 데 중요한 열쇠가 되는 내용이다. 소설의 기원은 서사시이며, 서사시의 기원은 노래다. 노래가 소설의 기원인 것이다. 노래는 듣는 이의 몸을 진동시킨다. 맥박을 진동시키고, 심장을 진동시켜 듣는 이의 감각을 자연의 상태로 변화시킨다. 나의 눈에 소설가 조용호는 의식적이든 무의식이든 '노래꾼 조용호'를 그리워하는 것처럼 보인다. 그래서 읽는 이의 몸을 진동시키고자 하는 소설을 쓰고 싶었던 게 아닌가, 하는 생각이 든다. 그 흔적이 소설의 결을 짙게 채색하는 낭만적 정서가 아닌가 싶다.

"노래 부르는 사람은 환상 속에서 일상을 보고, 일상 속에서 환상을 생각한다. 그는 그 경계에 산다. 그 경계의 삶을 더 이상 지탱할 수 없을 때, 경계를 버틸 만한 에너지가 고갈되었을 때, 두 가지 선택에 직면한다. 일상으로 내려설 것인가, 아니면 환상 속으로 영원히 탈출할 것인가. 노래를 부르지 않는 한, 땅에서 발을 떼고 허공을 밟으면서 살아가는 일은 불가능하다. 노래를 잃어버린 사람이 일상을 선택하지 않는 한, 그에게는 탈출구가 없다. 만약 그 일상을 견디어 낼 수 없다면 남은 유일한 방법은 사라지는 것뿐이다."

『베니스로 가는 마지막 열차』에서 노래꾼이자 화자의 연인이 사라졌고,「기타여 네가 말해다오」에서는 화자의 노래꾼 친구가 사라졌다. 『사자가 푸른 눈을 뜨는 밤』에서도 화자의 '야학연합' 동료이자 연인이 사라졌지만, 노래꾼이 아닌데다 스스로 사라진 게 아니라 공안 당국에 연행된 후 사라졌다는 점에서 앞의 두 작품과 중요한 차이를 보인다.

"그 시절 사라진 이들 중 육신이라도 발견된 이들은 그나마 다행이었다. 육신을 앞에 두고 죽음의 원인을 정확히 밝히는 데 진력해도 제대로 규명되지 않는 일들이 비일비재했지만, 끝내 종적조차 알 길 없는 실종된 이들의 경우는 의문사의 범주에도 들 수 없어 억장이 무너졌다."

소설 속 '나'의 한탄이 조용호의 한탄처럼 들리기도 한다. 조용호는 '작가의 말'에서 "도서관에서 투신한 학형의 참사를 눈앞에서 목격한 신입생 시절, 충격은 컸다. 또 한 사람은 실종된 이래 지금까지도 생사를 모른다."라고 썼다.

"어떻게 이럴 수가 있어. 어떻게……. 아까운 내 아들 송두리째 없어졌네. 대한민국 땅에 사람들 다 있는데 왜 너만 없는겨……."

서울대 학생운동 지도조직 '민주화추진위원회' 핵심 구성원이었던 안치웅 씨가 사라진 지 23년이 지난 2011년 5월, 그를 잊어서는 안 된다는 이들이 꾸린 초혼장에서 어머니 백옥심씨가 눈물을 쏟으며 한 말이다. 깊이를 알 수 없는 어머니의 그러한 슬픔이 『사자가 푸른 눈을 뜨는 밤』의 화자에게서 느껴지는 것은 조용호의 가슴에 80년대 상처가 여전히 눈을 뜨고 있기 때문일 것이다.

"우리는 그대가 이미 이 세상 사람이 아니라고 포기하고 초혼장까지 치렀다네. 그대도 없는 빈 관에 그대가 아꼈던 물건과 옷가지들을 넣어 땅속에 묻었어. 그대의 혼이라도 깃들어 안식을 취하라고. 그대가 이승에서 숨을 쉬고 있다면 이런 어리석은 의식도 없겠지만, 우리는 그대의 흔적이라도 찾아 붙들고 그대를 기억하고 싶었던 거지."

사라진 연인 '하원'에게 화자가 건네는 위의 독백에서 주목해야 할 것은 '기억'이라는 말이다. 사라진 이를 기억하는 행위는 그를 여기, 이곳에 살아 있게 하는 유일한 행위다. 그가 살아 있음으로써 그를 사라지게 한 역사적 상황도 그와 함께 살아가게 된다. 그리하여 비록 그것이 과거의 사건일지라도 현실 속으로 스며들어 현실을 올바른 방향으로 나아가게 하는 나침판 역할을 하게 되는 것이다. 기억의 중요성은 여기에 있다. 조용호가 '작가의 말'에서 "서구에서는 아직도 끊임없이 2차세계대전과 홀로코스트를 배경으로 새로운 형식과 내용의 서사를 이어가고 있는데 우리는 가까운 과거조차 은연중 낡은 이야기로 치부해 버리는 세태임을 부인하기 힘들다."라고 토로한 것은 세월과 함께 사라져 가는 기억이 그만큼 아프기 때문일 것이다. 이런 관점에서 조용호가 『사자가 푸른 눈을

뜨는 밤』에 배치한 '파레시아'(parrhesia)를 주의 깊게 들여
다볼 필요가 있다.

'모든 것을 말하기'를 의미하는 파레시아는 진실의 실
체를 구성한다. 그래서 파레시아를 실천하는 '파레시아스
트'는 진실을 말하는 사람이 된다. 파레시아는 진실을 알
지 못해 고통받는 이는 물론 진실을 숨김으로써 고통받는
이도 자유롭게 한다. 안치웅 씨의 실종이 아직까지 밝혀
지지 않는 가장 큰 이유는 진실을 밝히려는 사회적 에너
지의 결핍 때문이다. 이 결핍은 가해자가 역사의 어둠에
숨을 수 있도록 함으로써 정치권력이 기억을 은폐하고 조
작하며 더 나아가 사라지도록 하는 데 기여해 왔다. 『사
자가 푸른 눈을 뜨는 밤』에서 은폐되고 조작된 기억, 어
쩌면 사라졌을 수도 있는 기억을 찾아 떠도는 '나'의 행로
자체가 '파레시아'를 실천하는 행위가 되는 이유는 여기
에 있다. 이 지점에서 '나'의 암흑 체험이 중요한 의미로
다가온다.

'나'는 장님 남동생을 보살피는 '희연'의 권유로 '어둠
속의 대화'라는 체험전에 참가한다. 빛 한 점 없는 '절대
암흑' 속에서 시각 외 감각과 상상으로 일상을 체험하는
그 프로그램은 도서관 옥상에서 시위를 주도한 후 투신한
친구 '수호'를 떠올리게 한다.

"수호야, 네 눈이 감기는 순간에도 그리 어두웠느냐. 두렵더냐. 나는 이 지독한 암흑이 무서워 뛰쳐나갈 뻔했다. 그대로 서 있다가는 심장이 터질 것 같았다. 세상 모든 빛으로부터 완벽하게 차단당하니 이것이 그대로 죽음인 듯싶었다."

'나'는 슬픔과 그리움으로 친구에게 말을 건네지만 곧 부끄러움에 사로잡혀 "네가 떠난 후, 남은 우리가 한 일은 세끼 밥을 벌어 연명한 것밖에 없는 것 같다"고 말한다. '나'의 부끄러움은 '수호'에 대한 부끄러움이자 '수호'로 상징되는 80년대 희생자들에 대한 부끄러움일 것이다.

"네가 떠나고 난 뒤 어쭙잖게 밥벌이를 하면서 소설가의 꿈을 가꾸어 왔다. 쓸쓸한 오지의 넋두리 같은 글이지만 그래도 내가 이 척박한 세상을 견디는 힘이었으니 비웃지는 말거라."

위의 말은 "나에게 소설 쓰기는 유령의 삶을 현실로 끌어내리는 행위였다"는 '나'의 고백과 밀접하게 연결된다. '나'의 삶이 유령의 삶이 된 것은 '하원이 사라진 자리가 만든 오래된 상실감' 때문이었다. '하원'도 '수호'처럼 80년대 희생자다. '나'를 유령으로 만든 것은 80년대의 상처인 것이다. '하원'의 흔적을 찾아가는 '나'의 행위가 '파레시아'를 실천하는 행위라면, 80년대 기억을 독자에게 이야기하는 조용호의 소설 쓰기도 파레시아를 실천하는 행위가 된다.

앞에서 나는 "소설가 조용호는 노래꾼 조용호를 그리워하는 것처럼 보인다"라고 썼다. 하지만 소설의 질료인 언어는 노래와 다른 고유한 특성 때문에 읽는 이의 몸을 진동시켜 감각을 자연의 상태로 만들지 못한다. 그럼에도 그렇게 할 수밖에 없는 삶의 필연성 속에서 조용호는 그만이 쓸 수 있는 소설을 써 왔다. 그리고 이제 『사자가 푸른 눈을 뜨는 밤』을 펴냈다. 이 소설에는 기억하고, 기억하려는 조용호가 보일 뿐 노래꾼 조용호의 모습은 잘 보이지 않는다.

조용호 소설을 읽는 동안 '우리가 어떤 일을 했는지를 기록하는 게 역사라면 우리가 어떤 꿈을 꾸었는지를 기억하는 건 소설'이라는 어떤 작가의 말이 떠올랐다. 그에 따르면 소설은 기억이며, 아름답고 비참했던 사람들이 어떤 세계를 꿈꾸었는지를 기억하는 가장 쓸쓸한 형식이다. 이 쓸쓸한 형식을 찾아 소설가는 떠돌 수밖에 없다. 조용호도 그렇게 떠돌 것이다. 조용호와 그의 소설을 사랑하는 이들은 그가 어떤 궤적을 그리며 떠도는지 지켜볼 것이다.

참고 자료

「민주야학 운동을 밝힌다」, 한국기독청년협의회 야학문제 대책위원회, 1983.

「의문사진상규명위원회 보고서 1차(2000.10~2002.10)」, 의문사진상규명위원회 보고서 발간위원회.

『남영동 대공분실 고문실태 조사연구』, 민주화운동기념사업회, 2018.

홍세미, 이호연 외, 『말의 세계에 감금된 것들』(오월의봄, 2020).

사자가 푸른 눈을 뜨는 밤

1판 1쇄 찍음 2022년 7월 26일
1판 1쇄 펴냄 2022년 8월 4일

지은이   조용호
발행인   박근섭·박상준
펴낸곳   (주)민음사

출판등록   1966. 5. 19. 제16-490호
주소   서울시 강남구 도산대로1길 62(신사동)
           강남출판문화센터 5층(06027)
대표전화   02-515-2000 | 팩시밀리   02-515-2007
홈페이지   www.minumsa.com

ISBN   978-89-374-7235-0 (03810)

* 잘못 만들어진 책은 구입처에서 교환해 드립니다.